셰어하우스

셰어하우스

펴낸날	2023년 5월 5일 초판 발행
지은이	김태정
펴낸이	정창득
편집	전현서, 이종숙
디자인	달사람스튜디오 moonmanstudio@naver.com
	일러스트_ Bella.D 이현덕
펴낸곳	도서출판 얘기꾼 [제300-2013-124호] (2013.10.28)
	E.batistaff@naver.com T.070.8880.8202 F.0505.361.9565
ISBN	979-11-88487-16-5 03810

*이 책은 2022년 한국예술인복지재단 창작디딤돌 지원으로 제작되었습니다.

셰어하우스

김태정 소설집

차
례_contents

6번 국도	007
상상적 풍경	045
손님	083
셰어하우스	121
행복한 여자	163
동지들	201
조우	237
해설	275
작가의 말	297

6번 국도

찔끔거리던 비가 개자 옥수수 가판대 가장자리에 햇빛이 쏟아져 들어온다. 민수는 천막 안쪽으로 의자를 조금 들여놓고 앉는다. 도로는 마냥 한산해서, 자꾸 가물거리는 눈을 부릅뜨며 졸음을 쫓아본다. 검은색 승합차 한 대가 멀찍이서 달려온다. 민수가 도롯가로 뛰어간다. 승합차를 향해 찐 옥수수 세 개가 든 비닐봉지를 흔든다. 조수석에 앉은 장난감 물총을 든 사내아이와 눈이 마주친다. 웃고 떠드는 표정이 물놀이의 여흥이 남아있는 듯하다. 사내아이는 창문을 살짝 내리고 물총 머리를 겨눈다. 민수는 몸을 움찔하며 몇 발짝 물러난다. 기어이 한줄기의 물이 뿜어져 나오고, 차는 그대로 6번 국도 상행선으로 달아난다.

민수는 승합차 꽁무니를 한참토록 노려보다가 가판대로 돌아온다. 옥수수는 다시 알루미늄 찜기 위에 올려놓는다. 오후 4시가 되어가지만 겨우 세 봉지밖에 팔지 못했다. 곧 이모가 올 것인데, 옥수수가 그대로 쌓여있는 이유를 변명할 말이 떠오르지 않는다. 가판대 뒤로 펼쳐진 옥수수밭에 누렇게 영근 옥수수를 보고도, 모락모락 김이 오르는 찐 옥수수를 보고도 그대로 지나치는 이유를 설명할 도리가 없다. 또 한 대의 승용차가 달려오고, 민수는 플라스틱 의자에서 용수철처럼 튕기듯 일어난다. 이번에는 한층 갓길로 다가가 세차게 봉지를 흔들어 본다. 얼굴에 미소까지 짓고서. 그러나 헛수고다. 민수는 휑하니 지나가 버리는 운전자가 못내 서운해서 툭, 돌멩이 하나를 찬다.

쳇, 저만 배부르지.

민수는 개구리 소리를 내는 뱃속을 물로 채우고는 가판대 앞에 놓인 파란색 플라스틱 의자에 몸을 웅크리고 앉는다. 뜨듯한 바람이 한차례 불어오자 스르르 눈이 감긴다.

옥수수 가판대는 워터파크 물놀이객들이 주요 손님이었으니 찜통 무더위에 찜통 위 간식거리가 눈길을 끌지 못하는 건 어쩌면 당연했다. 사람들의 입이 고급스러워져서 옥수수 따위는 거들떠보지도 않는다고, 이모는 이모부에게 불평을 쏟아냈지만 이모부는 묵묵히 옥수수 농사를 지었다. 음식 솜씨가 없는 이모 탓을 하지도 않았다. 주먹밥을 몇 번 얻어 먹어본 게 다지만 민수는 이모가 엄마만큼 솜씨가 없다는 걸 단박에 알았다. 큰 알루미늄 찜솥에 물만 부어 삶아내는 옥수수가 혀끝에 감기는 맛을 낼 리가 만무했다. 사카린은 둘째로 치더라도 소금이라도 넣어야 할 것이지만 이모는 뜨내기손님에게 정성을 쏟을 이유가 없다며 줄곧 맹물로만 삶아냈다. 팔고 남은 옥수수는 헐값에 돼지사료로 넘겨졌다. 이모부는 밤

늦은 시간, 차량 통행이 뜸할 때쯤에야 나타나서는 날옥수수를 부려놓고 쉰내 나는 옥수수를 자루에 넣어 트럭에 싣고 갔다. 민수는 그제야 제 몫의 옥수수 하나를 손에 쥐고 정말 옥수수 따위가 돼 버리는 장면을 멀거니 지켜봤다.

내 이럴 줄 알았어. 지금 몇 신데 자빠져 자니? 잠깐 걸어오는 사이에 지나간 차만 열 대야.

이모의 목에서는 마른 나무가 쪼개지는 소리가 난다.

민수는 의자에서 떨어지고 만다. 정강이가 돌부리에 부딪혀 으스러지게 아프다. 뼈마디에서 터져 나오는 고통은 어떻게 참아야 할지 몰라 그저 손으로 두 다리를 감싸 안고 발을 동동거린다. 곧이어 이모의 넓적한 손바닥이 아이의 등짝에 내리꽂힌다.

퍽, 퍽, 퍽.

그래도 분이 안 풀리는지 이모는 옥수수 껍질을 아이 머리 위에 쏟아붓는다. 달큰한 수박 향이 난다. 노란 수염이 민수의 코끝을 간지럽힌다.

에취!

에잇, 다 귀찮어. 죽어, 어디라도 나가서 죽어버렷!

새끼손가락만 한 연둣빛 생명체가 기어간다. 샌들 밖으로 나온 민수의 엄지발가락 위로 곧 올라올 태세다. 민수가 발을 살짝 들어 올린다.

니 애미는 넉 달째 깜깜이야. 달랑 한 달 치로 입싹 닦을 작정인가부지. 쓸모라고는 없는 놈을 내팽개치고 갔으면 성의 표시는 해야 할 거 아니냐고. 쌍년, 염치도 없지.

연둣빛 생명체는 제 몸집보다 큰 돌멩이 앞에서 잠시 멈춘다. 민수가 돌멩이를 치워 주자 다시 움직이기 시작한다. 부드러운 옥수수 속껍질을 녀석 앞에 깔아 준다. 녀석은 껍질 위를 미끄러지듯 리드미컬하게 기어나간다.

이걸 다 어쩔 거야. 응? 또 돼지새끼들만 배 터지게 생겼잖아아.

두툼한 발이 아이의 살 없는 엉덩이에 박힌다.

퍽, 퍽, 퍽.

민수가 웅크린 채로 픽, 쓰러진다. 노래를 부른다.

노래하며 춤추는, 나는 아름다운 나비, 날개를 활짝 펴고, 으윽!

발길질은 계속된다.

싹싹 빌어도 모자랄 판에 지금 노래가 나와? 나오냐고오. 이 바보새끼야.

잘못했다고 빌라며 소리치는데, 민수는 꺽꺽거리며 손으로만 빈다. 이모는 그게 만족스럽지 않은지 발길질을 멈추지 않는다. 민수는 눈을 꼭 감는다. 하나부터 열까지 숫자를 센다. 폭력이 멈출 때까지 돌림세기를 한다. 그건 제법 고통을 잊게 해 주었다. 발길질을 한 박자 쉬는 것 같더니 이모가 도롯가로 뛰어간다. 차가 자갈밭에 주차하면서 내는 바퀴 소리, 이모의 비음 섞인 소리가 차례로 들려온다. 민수가 살며시 눈을 뜬다. 눈앞에서 연둣빛 생명체가 노려보고 있다. 녀석은 더듬이 두 개를 길게 뻗어 킁킁, 날름거린다. 자세히 보니 연둣빛 몸에 주근깨가 콕콕 박혔다. 동그란 촉수는 투명하고 촉촉해 보인다. 그래서 눈물 같기도 하다.

너 나비가 되고 싶구나. 좋아, 내가 품어줄게.

민수가 천천히 입을 벌린다. 연둣빛 생명체가 입 속으로 기어들어 온다. 꿈틀 꿈틀 꿈틀, 마른 혓바닥에 까끌거리는 느낌이 전해진다. 따가운 건지 간지러운 건지 표현할 수 없다. 그 생명체는 내처 목구멍으로 내려가는 모양이다. 민수는 부르르 몸을 떨다가 꿀꺽 침을 삼킨다. 목구멍 아래에는 어떤 장기가 있는지 궁금하지만 이모에게 물어보고 싶지는 않다. 자신이 그 녀석을 잘 키울 수 있을지 걱정될 뿐이다. 게걸스러운 뱃속이 녀석을 녹여버린대도 어쩔 수 없지만 좀 가여운 생각이 든다. 노래를 불러준다.

노래하며 춤추는, 나는 아름다운 나비, 날개를 활짝 펴고, 자유롭게 날꺼야아.

아까보다 좀 더 구성지다.

옥수수밭에 나비가 나풀댄다. 바다를 건너왔을지도 모른다. 잠깐 해변의 아이였을 때 나비와 춤을 추었지. 민수는 반가워서 손을 흔든다.

노래방이 문을 닫았다.

카운터에 붙은 쪽방에 살았던 엄마와 민수는 살 곳이 없어졌다. 노래방은 지하에 있었고 창문 하나 없었지만, 먹고 자고 싸고 손님이 없는 아침에는 화장실에서 목욕도 했다. 그러니 그 쪽방은 부엌이었고 침실이었고 텔레비전을 보는 거실이었으니 어엿한 집이었다.

영혜 씨, 재건축을 한다니 이제 더는 어쩔 수 없네. 토요일까지는 퇴거해야 한다네. 어디 갈 데는 정했어?

노래방 여사장이 말했다. 안타깝다고 말하는데 속 시원해하는 눈치였다. 엄마가 술을 몰래 훔쳐 먹어 스트레스를 많이 주었으니까 그럴만하다고, 민수는 생각했다. 여태껏 엄마를 찾는 단골손님 때문에 눈감아준 것인 걸 알았다. 여사장은 그런 속내는 감추고 재건축 말이 나오기 전에 다른 업자에게 넘겨

줬어야 했다며 후회했다. 근처에 새로 지은 건물에 최신식 노래방이 두 곳이나 생기고부터는 손님이 뜸했던 건 사실이다. 여사장은 민수에게 야쿠르트 하나를 냉장고에서 꺼내 주었다. 민수는 꾸벅 인사를 하고 빨대를 꽂아 쪽쪽 빨아 마셨다.

이제 알아봐야죠. 그동안 사장님 덕분에 걱정 없이 살았는데, 감사했어요. 사장님.

엄마는 아주 가엾어 보였다.

엄마의 단골 남자 손님들은 재건축 안내문을 매단 붉은 줄이 건물 입구에 쳐진 날부터 발길을 끊었다. 엄마는 손님 대신 술을 친구로 삼을 작정으로 보였다. 쪽방에서 술잔을 앞에 두고 싸가지가 없는 놈들이라며 고래고래 욕을 해댔다.

내가 지들 기분 업 시켜주려고 목이 터져라 불렀건만. 에잇, 매정한 새끼들!

민수는 노래방 도우미 일이 엄마가 좋아서 하는 일일 거로 생각했었다. 목이 터져라 불러야 하는 일인 줄은 몰랐다. 엄마는 술이 깨면 일자리를 알아보러

나갔다가 돌아왔다. 그러는 동안 그 작은 쪽방에는 술과 한숨이 함께 머물러 있었다. 쪽방을 비워줘야 할 토요일을 하루 앞둔 오후 무렵이었다.

　우리 이제 어떻게 사냐. 벌써 늙은 여자 취급을 해. 요즘은 고딩만 찾는다나 뭐라나. 더러운 녀석들!

　엄마는 가방에 옷가지와 생활용품을 얼키설키 구겨 넣고는, 술기운이 남아있는 채로 시외버스터미널로 가서 주문진행 버스표를 끊었다. 민수는 엄마의 원피스 자락을 부여잡고 종종걸음을 쳤다. 엄마는 햄과 달걀이 들어간 토스트와 식혜를 사서 민수에게 안겼다. 버스에 타서 자리에 앉자마자 엄마는 길게 한숨을 내쉬었다. 그러고는 도착할 때까지 내내 잠만 잤다. 민수는 토스트를 먹고 창밖을 보다가 깜박 잠도 잤는데, 한 번씩 깨어나서 엄마의 존재를 확인했다.

　바다는 보이지 않았으나 비릿한 바다내음이 물씬 풍겼다. 5월의 바닷가 기온은 서울보다 훨씬 가벼웠다. 짭짤하고 청량한 바람이 코끝을 쏘았다. 그래서 민수는 기분이 좋아졌다. 버스를 탈 때부터 마음을 졸이게 했던 불안한 마음이 싹 없어지는 것 같았다. 새로 살게 될 곳이 마음에 들었다. 엄마는 터미널 약국에 들러 하얀 알약을 샀다. 터미널을 나와서 다른 약국에 들러 비슷한 약을 또 샀다.

엄마 어디 아파?

아니. 나중에 아플까 봐. 비상약이야.

민수는 기분이 좋지 않았다. 불안해서, 엄마 옷자락을 잡고 엄마 둘레를 빙빙 돌았다. 일곱 살인지 여덟 살인지 자신의 나이도 모르는 아이는 갑자기 아플 일이 생기지 않도록 엄마를 꼭 지켜 줘야겠다고 생각했다.

온종일 누워 있다가 저녁 7시 무렵에나 주문진시장을 한 바퀴 돌고 오겠다며 나간 엄마는 호떡과 어묵꼬치를 사 들고 왔다. 검은 봉지를 민수에게 통째로 안긴 엄마는 다시 벽을 보고 외로 누웠다. 민수는 엄마가 방안에 들어설 때부터 냄새로 봉지에 든 물건의 정체를 알아챘다.

엄마는?

너나 먹어.

먹고 들어온 것 같지는 않았다. 엄마 입에서는 술 냄새만 났으니까. 민수는 엄마의 쏙 들어간 허리와 엉덩이선을 바라보면서 어묵꼬치 하나를 집어 들었다. 아래층에서 매운탕 냄새가 올라왔다. 방을 구하러 바다가 보이는 해녀 횟집에 들어섰을 때였으니 따뜻한 밥을 먹은 건 나흘 전이었다. 엄마는 민박할 방을 물어보면서 잡어매운탕을 시켰고, 덜 맵게 해달라고 특별 주문까지 넣었다. 주로 간편식으로 끼니를 때우던 민수는 식당에서 밥 먹을 때가 제일 행복했다. 엄마는 요리하는 걸 싫어했다. 그래서인지 굳이 부엌 딸린 집을 얻으려고 하지 않았다. 민수는 그날 먹었던 매운탕과 따뜻한 쌀밥을 생각하며 어묵을 입속에서 우물거렸다. 이제 달콤한 호떡도 짭조름한 어묵도 지겨워졌지만 엄마에게 투정 부릴 정도로 참을 수 없는 건 아니었다. 시끌벅적한 웃음소리와 노랫소리가 들렸다. 민수는 얼른 창문을 닫았다. 그러나 그 잠깐의 틈새를 비집고 "위하여!" 건배 소리가 올라왔다. 엄마는 부리나케 일어나 방을 나갔고, 그래서 민수는 먹던 어묵꼬치를 검은 봉지에 쑤셔 넣어버리고 엄마를 쫓아 나갔다.

그새 엄마는 낯선 남자들 틈에서 술잔을 받아들고 있었다. 투명한 소주가 술잔에 부어졌고 엄마는 한입에 술을 털어 넣고는 남자 손님들의 잔에 차례로 술을 따랐다. 술잔이 서너 차례 돌아가자 남자들이 노래를 시켰다. 엄마는 소주를 한잔 더 마시고는 숟가락을 들고 일어났다. 공짜 술을 마실 수만 있다면 노래든 뭐든 기꺼이 했을 테다. 엄마의 간드러진 목소리는 술판을 늘 흥겹게 만들었다. 남자들은 가슴을 움켜쥐며 녹아드는 시늉을 했다.

오빤 내 사라아앙, 오빤 내 남자, 나에겐 오빠 뿐이야아.

엄마는 구릿빛 얼굴의 젊은 남자에게 윙크를 하곤

그리로 옮겨 앉았다. 오빠로 찍힌 젊은 남자는 자리를 내주며 엄마의 엉덩이 쪽으로 한 손을 둘렀다. 횟집 주인이자 민박집 주인아주머니는 못마땅한 표정으로 엄마를 곁눈질하고 있었다. 아이는 엄마가 몹시도 부끄러웠다. "갈보년!" 하고, 엄마의 별명을 뇌까렸다.

엄마, 나 배 아파.

엄마가 횟집 문 앞에 서 있는 민수를 째려봤다. 붉은 연지를 바른 엄마의 뺨은 떡볶이 국물색이 되어 있었다. 젊은 남자가 자리에서 엉거주춤 일어나더니 민수 손에 만 원 한 장을 쥐여 주었다. 남자의 뼈 굵은 팔목에 노란 팔찌가 치렁거렸다.

고놈 참, 똘똘하게 생겼구나. 옛다, 이걸로 아이스크림 하나 사 먹고 와.

젊은 남자에게서 담배에 전 땀내가 났다. 민수는 몸을 뒤로 뺐지만 남자는 기어이 주머니에 돈을 넣어 주며 횟집 밖으로 내보냈다.

바닷가의 어둠은 빨리 내렸다. 횟집에 걸린 벽시

계가 8시를 가리키고 있었으므로 바다가 먹물색이 된 지는 두어 시간 전부터였다. 민수는 횟집이 늘어선 해안가 도로에 생뚱맞게 들어앉은 편의점으로 뛰어갔다. 제 돈으로 무얼 사 먹는 건 아주 오랜만이었으므로 냉동고를 가득 채운 알록달록한 포장지의 아이스크림을 보자 현기증이 날 지경이었다. 민수는 겨우 딸기 아이스크림콘 하나를 골라 밖으로 나왔다. 방죽 위에 고양이 두 마리가 서로의 얼굴을 비비대고 있다가 민수와 눈이 마주치자 모래사장으로 달아났다. 민수는 고양이가 놀던 방죽 위를 걸으며 아이스크림을 핥아먹었다. 아이스크림을 다 먹을 동안 엄마가 횟집 이 층 방으로 올라갔기를 바라지만 그건 희망일 뿐이라는 걸 알고 있었다. 드문드문 늘어선 가로등이 희뿌옇게 밤바다를 비추었다. 고양이는 보이지 않았고, 바람이 모래사장을 쓸고 지나갔다. 썰렁하고 스산했다. 뱃속도 차가워져서 민수는 꽁지만 남은 아이스크림콘을 입에 물고 횟집을 향해 뛰었다. 큰 창 너머로 보이는 엄마는 여전히 술자리를 지키고 있었다.

　민수는 방으로 올라가 텔레비전을 켰다. 여자 아이돌 가수들이 트로트를 부르는 음악프로그램이 방송되고 있었다. 심수봉의 노래가 흘러나왔다. 엄마가 좋아하는 노래였다. 민수는 엄마처럼 간드러지게 따라 불렀다.

　눈앞에 바다를 핑계로 헤어지나 남자는 배 여자는 항구. 보내 주는 사람은 말이 없는데 떠나가는 사람은 무슨 말을 해에.

　민수는 엉덩이를 실룩거렸다. 여자 아이돌들의 뽀얀 얼굴이 화면 가득히 나타났다 멀어졌다가 했다. 카메라를 향해 윙크하면서 빨간 입술을 주욱 내밀었다. 민수는 엄마의 화장품 가방에서 빨간 루주를 찾아내어 입술에 발랐다. 그러고는 텔레비전 화면으로 다가가 기다렸다. 좋아하는 누나가 나타날 때를 기다렸다가 입을 맞출 작정이었다.

　하나, 둘, 셋, 쪽!

　텔레비전 화면에 입술을 갖다 댔다. 루주에서 콜

라젤리 맛이 났다. 민수는 루주를 덧바르고 노래가 끝날 때까지 대여섯 번을 반복했다. 뽀뽀놀이가 싫증이 날 때쯤에도 엄마는 돌아오지 않았다. 민수는 꼬박꼬박 졸다가 외로 누웠다. 시시각각 변화무쌍하게 송출되는 텔레비전 영상이 민수의 얼굴 위로 어른어른 비쳤다.

텔레비전도 꺼지고 웃음소리와 노랫소리도 들리지 않았다. 일정한 간격으로 들려오는 파도 소리 사이로 엄마 목소리가 묻어왔다.

엄만 민수를 사랑하는데에, 술 없인 살 수가 없네.

엄마의 한쪽 팔이 민수 겨드랑이 밑으로 파고들어 왔다.

하아! 그냥 죽으면, 행복해질까.

엄마 입에서 젊은 남자의 냄새가 났다. 민수는 몸부림치는 척하며 엄마에게서 돌아누웠다.

아들, 미안해.

미안해를 백번쯤 말한대도 소용없어.

한바탕 패악질을 끝내고 얼마 되지 않는 돈을 지갑에 챙겨 넣는 이모의 뒤통수에 대고 민수는 엄마를 용서하지 않겠다고 다짐한다. 온종일 옥수수를 팔아봤자 2만 원이 넘지 않았다. 민수는 그 돈의 가치가 노래방 2시간 이용료 정도 된다는 것쯤은 알고 있다. 엄마가 세상 물정을 알아야 한다며 알려주었다. 용서하지 않겠다며 다짐했지만 민수는 엄마를 생각하면 찔끔 눈물이 난다. 이모의 패악질에도 안 나던 눈물이 나는 이유는 미안하다고 말해줬기 때문이다. 정말 용서할 수 없는 일을 당하면 눈물조차 나지 않는다. 이를 악물고 버텨야 할 때는 숫자를 세거나 노래를 부른다. 몸에서 생각을 분리하면 고통이 느껴지지 않았다. 실제로 민수는 요즘 몸의 감각이 무디어져 가는 걸 느끼며 그걸 다행스럽게 여기고 있었다.

이모는 오만상을 찌푸리며 하늘을 올려다본다.

저녁엔 또 비가 온대. 이모부 오면 갈무리 잘하고 들어가 자. 첫 끗발이 개 끗발이라더니 에잇, 오늘도 종쳤네.

이모는 아침에나 올 것이다. 옥수수를 삶아야 얼마간의 돈이라도 만질 수 있으니까. 민수는 외계어 같은 말이 쓰이는 그 노름판이라는 곳이 궁금했다. 언젠가 이모가 "그래, 노름판에 살림을 차렸다 왜?" 하고 이모부에게 대거리를 했는데, 왠지 돈이 휙휙 날아다니는 놀이일 것 같은 생각이 든다. 그러다 날아다니는 돈을 낚아채는 이모의 넓적한 손바닥이 떠올라 이내 몸서리를 친다.

옥수수밭 뒤편에서부터 거물거물 어둠살이 내리고 있다. 아직 팔아야 할 옥수수가 많아서 가판대에 붙은 작은 쪽방에 들어갈 생각은 못 한다. 민수는 호롱 랜턴을 켠다. 이맘때면 늘 허기가 몰려왔다. 그래도 허락 없이 옥수수 하나쯤 먹을 생각은 못 했다. 이모부가 와서 옥수수 하나를 건네줄 때까지 파란색 플라스틱 의자에 앉아 기다렸다. 신기한 일은 허기가 반복되자 점차 배고픈 감각도 없어졌다는 것이다. 그런데 오늘은 연둣빛 생명체가 꿈틀거리는 것이 느껴진다. 민수는 배를 문지르며 '나는 나비'를 불러준다. 계속 부르다 보니 덜컥 겁이 난다. 티셔츠를 걷어 올리고 맨살을 살살 쓰다듬어 본다. 군데군데 멍자국이 든 살갗은 곧 허물을 벗어낼 애벌레처럼 얼룩덜룩하다. 정말 나비가 될 수 있겠다는 생각이 든다. 이 허물을 벗으면 번데기가 될 테고 완전히 새롭게 태어날 것이며, 빛깔 고운 날개를 펄럭이며 옥수수밭을 넘어 6번 국도를 따라 바다를 향해 날아갈 것이다. 생각이 거기에 미치자 민수는 흰옷을 입을지 얼룩무늬 옷을 입을지 고민스럽다.

*

저리 가버렷!

왜 고양이가 미운 건지, 민수는 모래를 한 움큼 쥐어 고양이에게 냅다 던졌다. 방죽 위에서 느긋하게 서로의 몸을 그루밍하던 고양이들이 사나운 모래 세례에 어구 창고 쪽으로 달아났다. 그러다 덩치 큰 놈이 몸을 돌려 하악질을 해댔다. 민수는 놈을 향해 한 번 더 모래를 뿌렸다. 그래도 분이 풀리지 않아서 발로 모래를 걷어찼다. 폭죽처럼 모래알이 사방으로 튀어 날았다. 노란 팔찌를 치렁대며 엄마의 허리를 안던 그 젊은 남자가 엄마를 찾아왔을 때부터 심통이 났던 터였다. 화풀이 대상이 필요했는데 마침 꼴불견으로 놀던 녀석들이 표적이 된 것이다. 민수는 고양이가 기어들어 간 창고 밑바닥 틈새로 모래를 차넣었다.

초여름의 해수욕장은 밋밋하기 짝이 없었다. 간혹 갈매기들이 해변에 앉았다 쉬어갈 뿐 하늘과 바다와 모래가 하염없이 펼쳐졌다. 민수는 방죽 위를 오르락내리락하다가 모래사장으로 걸어가다가 파도치는 언저리까지 뛰어갔다 돌아왔다. 노래라도 들리면 덜 지루했을지도 모른다. 손님이 없는 오전의 노래방은 민수의 놀이터였다. 트로트부터 발라드, 힙합에 이르기까지 다양한 장르의 노래를 불렀는데, 그러면서 자연스럽게 글자를 익혔다. 수많은 노래 속에 등장하는 사랑과 이별 그리고 슬픔과 그리움 같은 노랫말들이 꼭 엄마의 이야기 같아서 엄마가 가여운 사람처럼 여겨졌다. 그래서 젊은 남자가 찾아왔을 때 환하게 웃는 엄마를 보면서 잠시 엄마를 양보하기로 했던 것이다.

잠시라지만 언제쯤 횟집 이층 방으로 돌아가도 되는지 가늠할 수 없어서 산책로 끝까지 갔다 와 보기로 했다. 해변 산책로는 방죽을 따라 직선으로 뻗어있었다. 터벅터벅 산책로 끝자락에 있는 버스정류장까지 걸어갔다. 옅은 푸른빛이 도는 통창으로 만들어진 마치 뮤직비디오 속에서 본 듯한 정류장이었다. 6번 국도 종점이라는 안내문이 있었다. 버스도 기다리는 사람도 없었다. 민수는 냉큼 의자 위에 올라서서 통창 너머의 바다와 마주 섰다. 바다는 조용히 너울거렸다. 손을 동그랗게 모아 눈에 갖다 대고 먼바다를 바라보았다. 구름 한 점 없는 하늘과 새파란 바다면 사이로 아지랑이가 피어올랐다. 그 아지랑이를 타고 나비 한 마리가 물결처럼 날아왔다. 민수는 눈을 비볐다. 꽃밭에서나 어울릴 법한 처음 보는 크기의 왕나비였다. 은갈색 바탕에 자주와 검정색이 부챗살 모양으로 펼쳐진 날개에는 바깥 가장자리를 따라 작고 흰 얼룩무늬가 찍혀 있었다. 얇고 투명한 날개면에 맥이 도드라져 보였다. 그것은 힘줄처럼 날갯짓할 때마다 불끈 솟아올랐다. 꽃밭보다 바다를 선택한 나비라니, 멋졌다. 민수는 엄마 없이 혼자서 바다를 건너온 나비가 자신보다 훨씬 용감하다고 생각했다. 그래서 나비와 잠시 어울릴 양으로 양팔로 날갯짓을 하며 따라가 보기로 했다.

햇볕으로 달궈진 모래사장은 은빛으로 빛나고 있었고, 아이와 나비는 누구의 방해 없이 자유롭게 춤을 추었다. 그때 민수는 엄마가 생각나지 않았다.

언니, 이거 한 달 생활비 정도는 되거든. 나 서울에 다니러 오는 동안 딱 일주일만 돌봐주라. 남자애가 음전해서 없는 것처럼 군다니깐.

곱상하게 생기긴 했네. 영혜 너 어릴 때 모습 고대로야.

흐흐, 그런가? 하루 종일 혼자서도 잘 놀아. 언닌 신경 하나도 안 써도 돼.

엄마와 엄마의 언니는 속닥거렸지만 대화 내용이 설핏설핏 민수에게도 들렸다. 민수는 쪼그려 앉아서 부러진 나뭇가지로 흙을 파고 있었다.

저것 봐. 혼자 잘 놀지?

엄마의 언니는 옥수수 껍질을 까면서 민수를 흘깃 쳐다봤다. 갸름한 눈매에서 서늘한 기운이 돌았다. 이종사촌 언니라는데 둥글 넙데데한 얼굴도 그렇고 땅딸막한 몸집이 엄마와는 어느 한 군데 닮은 구석이라곤 없었다. 민수는 잠시라지만 저 웃는 체하는 언니와 살고픈 마음이 생기지 않았다. 그렇다고 엄마를 따라가겠다고 떼를 쓴다면 두 여자는 당황할 것이었다. 오랫동안 눈칫밥을 먹은 아이는 어쨌거나 저 서늘한 눈빛의 언니와 살게 될 것이며, 그러니 그녀의 비위를 거스르면 안 된다는 것쯤은 본능적으로 알았다. 말썽을 부린 적도 없고 장난감을 사달라거나 과자를 사달라고도 않는 아이를 엄마는 왜 낯선 아줌마에게 맡기려고 하는지, 서러웠다. 엄마를 귀찮게 했다면 술병을 몇 번 감춘 일 정도일 뿐인데. 어림짐작 가는 것은 있었다. 그 젊은 남자! 자신이 귀찮아졌다면 담배 쩐 내가 나는 그 남자 때문일 거였다. 일자리를 구하러 간다고 했지만 민수는 썩 믿어지지 않았다.

학교는?

엄마의 언니는 영 귀찮은 표정이었다.

일곱 살이야.

민수의 나이는 작년 크리스마스 때부터 일곱 살에 멈춰있었다. 엄마는 아들의 실제 나이를 잊어버린 듯 굴었고, 민수도 굳이 고쳐 말하지 않았다. 학교라는 말이 나오면 몸이 저절로 움츠러들었다. 또래

아이들과 한 교실에서 공부하고 점심을 먹고 같이 놀기도 해야 할 걸 상상하면 이유 없이 겁부터 나는 것이었다.

　애가 좀 작으네. 난 우는 애는 딱 질색인데.

　엄마는 고개를 강하게 흔들었다. 절대 그런 아이가 아니라면서 딱 일주일만이라고 재차 사정했다. 엄마가 언니에게 하도 매달려서 민수는 엄마 사정이 딱하게 생각될 정도였다. 그래서 울 수도 없었다. 그래도 언니가 쉽게 수락하지 않자 민수는 마음이 초조해졌다. 엄마 일이 틀어지지나 않을까 걱정되었다. 문득 엄마를 미안하게 만들고 싶은 마음이 생겨서 이렇게 말해 버렸다.

　얌전하게 있을게요. 이모.

　민수는 두 여자의 표정을 살폈다. 엄마는 환하게 웃고 있었고, 언니는 희미하게 미소 지었다. 그런 엄마가 서운했지만 한편 안심이 되었다.

　내가 아이를 키워본 적이 있어야지. 자신 없는데.

　딱 일주일이야 언니.

민수랬지. 너 옥수수 좋아하니?

엄마의 언니는 민수에게 찐 옥수수 하나를 건넸다. 민수는 꾸벅 인사를 하고 한입 베어 물었다. 톡톡 씹히는 식감이 재미있었다. 민수는 자루를 돌려가면서 콕콕 박힌 알맹이를 훑어 먹었다.

잘 먹네에.

민수는 아주 맛있는 척, 한 알 남기지 않고 먹어 치웠다. 엄마의 언니가 배시시 웃었다.

엄마는 옥수수 가판대에 놓인 파란색 플라스틱 의자에 민수를 앉히고 일곱 밤만 자고 있으라고, 속삭였다. 그러고는 차를 얻어 타고 6번 국도를 따라 떠났다. 그때 민수는 보고야 말았다. 운전대를 잡은 남자의 팔목에서 그 치렁거리는 노란 팔찌를 말이다. 젊은 남자 옆에서 오빤 내 사랑을 노래한 날부터 엄마 입에서 그 남자의 냄새가 났다. 꼭꼭 걸어 잠근 방문 앞에서 엄마가 지르는 고양이 소리를 들을 때마다 엄마에게는 아들보다 오빠가 필요하다는 것을 민수는 알았다. 이번에 만난 젊은 남자는 술을 좋아

했으니까 엄마를 사랑할 수도 있을 것이다. 엄마가 잠시 여자가 되고 싶은 거라면 민수는 엄마의 사정을 봐주기로 했다. 누구를 좋아하는 일은 나쁜 일이 아니니까. 좋아하는 사람이 생기면 죽을 마음도 들지 않을 테니까. 엄마가 가방에 숨겨 다니는 하얀 알약을 생각하며 민수는 잘된 일이라고 생각했다. 자신보다 힘이 센 그 젊은 남자를 택한 엄마의 선택은 어쩔 수 없는 일인지도 모른다. 엄마도 살고 싶었을 것이다. 그래도 일곱 밤만 자면 데리러 와주면 좋을 것 같았다. 그 일곱 밤이 하염없이 길어지고 있었다.

*

천막 안에 매달아 놓은 호롱 랜턴에 날벌레들이 까맣게 앉았다. 민수는 의자를 천막 밖으로 내어놓는다. 의자에 앉으면 바라보이는 산은 검정에 초록을 섞어 만든 물감으로 칠해놓은 것 같다. 그 산꼭

대기에 먹구름이 솜이불처럼 걸쳐있다. 가까이 가서 만져보고 싶어진다. 눈처럼 손에 닿자마자 사르르 녹는지 궁금하다. 민수는 산을 제대로 바라본 적이 없다. 그동안 살았던 쪽방에서는 산은 아주 까마득한 곳에 자리해 있었다.

먹구름이 점점 가판대 쪽으로 다가온다. 높이도 훨씬 낮아졌다.

후드득, 비가 쏟아진다. 기막히게도 날벌레들이 사라지고 없다. 재빠르게도 숨었다.

휙, 돌개바람이 천막을 친다.

랜턴이 떨어진다. 바삭, 유리가 박살이 난다.

돌개바람이 한 번 더 불자 이번엔 알루미늄 솥뚜껑이 날아간다. 갈무리를 잘해야 하는데, 민수는 어쩔 줄 모른다. 찜솥을 방 안에 들여놓아야 할 것 같다. 낑낑거리며 들어본다. 일곱 살이나 여덟 살 아이의 힘으로는 어림도 없다. 민수는 옥수수 봉지를 방안으로 옮긴다. 그러면서 옷이 쫄딱 젖는다. 바람이 점점 더 세차게 분다. 민수의 가녀린 몸이 휘청거린다.

옥수수밭이 운다. 우수수 우수수. 어둠은 더 짙어져서 좀비들이 옥수숫대 사이로 달려 나올 것만 같다.

울고 싶다. 이모부는 언제 올까, 민수는 쪽방 구석에 앉아 양손으로 귀를 막고 이모부를 기다린다. 기다리는 일은 두려운 것이었다. 오지 않을까 봐.

자갈밭에 바퀴 구르는 소리가 들리고 트럭 한 대가 선다. 이모부의 걸음은 느릿하다. 날옥수수 포대를 방으로 옮긴다. 그러기를 세 차례 한다. 이모부의 비옷에서 빗물이 떨어진다. 비옷을 벗고 방으로 들어온다. 쪽방이 가득 차는 느낌이다. 이모부는 찐빵 한 개를 건넨다. 민수가 그걸 받아 입에 넣는다. 꺼억, 민수의 눈에서 뚝뚝 눈물이 떨어진다.

천천히 먹어.

이모부의 목소리는 낮다. 그래서 마음이 편안해진다.

민수는 고개를 끄덕이며 꾸역꾸역 삼킨다.

퀘엑!

민수는 먹은 걸 다 쏟아낸다. 이모부가 등을 두

드려 준다. 그러고는 생수를 따서 먹여 준다. 민수는 물을 마시고 그냥 옥수수를 먹겠다고 말한다. 이모부의 눈이 흔들린다. 민수는 그 눈빛이 싫지 않다. 민수는 옥수수를 먹기 시작한다. 찐빵보다 더 잘 먹힌다.

네 아빠는.

민수는 고개를 젓는다. 이모부는 표정이 없다. 웃지도 화를 내지도 않는다. 그렇지만 민수의 몸짓을 꼭 아는 것 같다. 민수에게 아빠는 없다. 엄마가 한 번도 말해주지 않았다. 그건 묻지 말라는 뜻이었다. 민수가 아는 남자는 엄마가 만난 수많은 남자 손님뿐이었다.

민수는 옥수수 하나를 금세 먹어 치운다.

하나 더 먹을래?

이모부의 말은 다정스럽다.

민수는 고개를 젓는다. 몸이 무거워지면 날지 못할 수도 있다.

너 얼굴에 버짐이 폈구나. 너 혹시… 옥수수만

먹은 거니.

이모부가 한숨을 쉰다. 엄마의 한숨 소리와 다른 느낌이다.

이모부는 민수의 얼굴을 만져보더니 차례로 깡마른 팔과 다리를 살펴본다. 마침내 윗옷까지 벗긴다. 얼룩투성이다. 희고 검은 버짐이 몸 전체에 퍼져있다.

너 왜 이러니.

민수는 대답을 할지 말지 망설인다. 나비가 되고 있다는 말을 하면 놀랄 것이기 때문이다.

일어나야 하는데 몸이 움직여지지 않는다. 민수는 번데기가 되어가나보다고 생각한다. 그래서 가만히 누워있기로 한다. 이모가 오기 전에 번데기가 되었으면 싶다. 잠을 자고 일어나면 나비가 되겠지. 옥수수밭을 한 바퀴 돈 다음 6번 국도를 따라 날아갈 테다. 나무가 갈라지는 소리, 이모의 목소리가 들린다. 아침인가 보다. 옥수수 껍질을 까서 찜솥에 물을 넣고 불을 피우겠지. 소금도 없이 사카린도 없이 밍밍한 맹물로 옥수수를 삶아내겠지.

급전이 좀 필요해서 전화했어. 내가 일곱 살짜리 애를 입양했거든. 그 애가 우리 집 돈 먹는 하마네. 딱 일주일만 쓰고 줄게.

나비가 되려는 아이는 돈 먹는 하마라는 소리에 진저리를 친다. 민수는 얼른 번데기가 되었으면 싶어 팔과 다리를 꼭 오므린다. 하얀 옷을 입을지 얼룩무늬 옷을 입을지 어서 골라야 한다. 머릿속으로 이 옷 저 옷으로 갈아입어 본다.

아직 쳐 자는 거야?

이모가 쪽방으로 들어온다. 민수는 일어나지 않을 작정이다. 그런데 몸이 부들부들 떨린다. 빨리 번데기가 되었으면 싶다. 이모의 뭉툭한 발이 옆구리에 닿는다. 툭툭, 몇 번을 친다.

야, 일어나. 깬 거 다 알거든.

민수는 눈을 감고 입을 다물고 숨을 참는다. 그리고 숫자를 센다. 하나부터 열까지 돌림세기를 한다.

씨팔 쌍년! 돈도 안 보내, 전화도 안 받아. 네 애미를 어쩌냐. 내가 왜 너를 미워하겠냐아.

이모는 신세타령을 시작하면서 아이를 한 번씩 발로 찬다. 그래도 민수는 꼼짝 안 할 작정이다. 번데기가 되어야 하므로.

왜냐! 내가 막판 쌍끌이로 끝내는 년이었거든. 근데 너 오고부터는 안 된단 말이지. 왜냐! 재수 옴 붙어서 그런거지이. 너 땜에에.

발길질의 세기가 점점 강해진다. 아이의 몸이 벽 쪽으로 밀려난다. 민수는 노래를 부른다. 목소리는 나오지 않는다. 얼른얼른 번데기가 되었으면 싶다. 이모가 아이 몸을 흔들어 본다. 아이는 축 늘어진다.

이 바보새꺄! 죽은 거야? 진짜로?

이모가 땅바닥에 풀썩 주저앉는다.

트럭 소리를 들은 것 같다. 민수는 자갈밭에 끌리는 발걸음 소리를 듣는다.

몹쓸년!

이모부가 이모의 **뺨**을 친다.

내가 뭘 어쨌게에.

이모부가 이모를 밀쳐내고 아이를 둘러업는다. 이모부의 등이 축축해서 뛰어왔을 거라고 민수는 생각한다. 이모부의 목에 팔을 걸고 싶은데 손가락조차 움직일 수 없다. 이제 번데기가 된 것도 같다. 그런데 얼마나 자야 할지 알 수 없다. 물어보고 싶지만 머리에서 자꾸만 생각이 빠져나간다. 자고 일어나면 용감한 나비가 되어 있겠지. 엄마 없이도 혼자서 바다를 건너가겠지. 그러니 좀 오랫동안 자더라도 괜찮다고 생각한다.

상상적 풍경

야근이 좀처럼 없지만 도서 정기 점검하는 날은 어쩔 수 없이 업무가 길어졌다. 표지가 뜯긴 책을 테이프로 보수하고, 훼손 정도가 심한 책을 골라 폐기하고 재구매 신청을 했다. 절판된 책을 문헌 보관실로 보내고 나니 퇴근 시간이 지나 있었다. 리폼할 책이 있는 날은 신경이 곤두선다. 가끔 다치기도 하는데 딴생각하는 날은 예외가 없었다. 책 표지에 붙일 테이프를 자르다가 엄지손톱에 가위가 물리는 실수를 했다. 서랍에서 손톱깎이를 찾아서 잘려 나간 손톱을 마저 깎고 밴드를 돌려 붙였다. 밴드 위로 피가 비쳤다. 이런 작은 실수를 할 때마다 책 리폼을 좀 더 전문적으로 배울 필요성을 느꼈다. 언젠가 동기가 엄마에게 물려받았다는 성경책을 빨간 가죽 양장으로 리폼해서 보여줬는데 품위가 있어 보였다. 그것은 사랑과 그리움이 담긴 멋진 작품 같았다. 도서관 책은 원 표지대로 티 나지 않게 수선하는 것이 원칙이어서 이후 내가 하는 리폼 작업이 아쉽게 느껴지곤 했다.

표지 문구가 눈에 들어왔다. '누군가를 이해하는 사람은 사랑할 수 있다' 그건 이해하지 못하면 사랑할 수 없다는 말이기도 하다. 나는 표지를 넘기며 이 친절한 조언서를 진즉에 읽어 봤으면 좋았을 것을 후회했다. 그리움이라든지 배신감 같은 피곤한 감정을 애써 밀어내지 않더라도 편안해지는 방법을 알고 싶었다.

우리는 양희은의 '사랑 그 쓸쓸함에 대하여'를 포르투갈어로 번안해 부른 베빈다의 'Ja Esta'를 즐겨 들었다. (기영이와 함께 살던 때를 우리라고 지칭하는 것은 '우리'라는 아름다운 말을 사랑하기 때문이다. 기영이는 나와 처음 만났을 때부터 '우리'라고 말했다.) 포르투갈어라곤 'Eu amo-o'(나는 그를 사랑한다)와 'Eu sou coeano'(나는 한국인이다) 정도밖에 모르지만 우리는 곧잘 흥얼거렸다. 파두는 세상에서 가장 슬픈 음악처럼 들렸다. 나는 그때 행복했는데 그런 슬픈 노래를 좋아했다. '도무지 알 수 없는 한 가지는 사람을 사랑한다는 그 일, 참 쓸쓸한 일인 것 같아.' 이 마지막 소절에서는 꼭 한국어로 따라불렀다. 우리의 이중창은 둘의 성격 차이만큼이나 화음이 맞지 않았지만 따라부르지 않을 수 없는 가사였다. 평범한 사랑은 시시해 보일 때였으니까.

나의 연인이자 친구였던 기영이 이야기를 꺼내는 것은 마음도 리폼할 수 있을까 해서다. 다 해진 에리히 프롬의 사랑에 대한 조언서가 내게 와서 붉은색 가죽 양장의 성경책이 떠오른 것은 우연이 아니라고 생각한다. 세상에 우연히 일어나는 일은 없다고 생각하기 때문이다. 기영이는 처음 봤을 때부터 내 미래의 한 지점을 끌고 갈 사람 같았다.

기영을 만난 건 대형마트 화장품 코너에서다. 그는 내 쇼핑카트에 담긴 물건들을 내려다보고 있었다. 짧은 단발머리가 얇은 눈매에 잘 어울리는 야무진 인상이었다. 기영은 스스럼없이 말을 걸어왔다.
"우리 취향이 비슷하네요. 혹시 불면증 있어요?"
하고.
나는 기영의 쇼핑카트를 힐긋 보다가 흠칫 놀라고 말았다. 한집에 사는 식구처럼 디카페인 커피, 향초, 즉석 카레, 농협 김치, 데오드란트가 담겨 있었다. 그때 내 입에서 예상치 못한 말이 튀어나왔다.
"숙면하는 게 소원이에요."
"혹시 악몽 때문에?"
"어떻게 알았어요?"
나는 손으로 입을 가렸다. 기영은 키득거리며 웃었다. 그렇게 한참을 웃더니 불쑥 손을 내밀었다.

"박기영이에요."

나는 바지춤에 손을 한 번 훔치고 내밀었다.

"김연주예요."

기영이 내 손을 맞잡고 힘차게 흔들었다. 가냘픈 외모와 달리 손이 단단했다.

"나도 숙면 장애가 있는데. 그럼 우리 드림캐처 하나씩 살까요? 그게 악몽을 쫓아준대요."

기영은 우리라는 말을 스스럼없이 사용했다. 우리, 학창 시절에나 쓰던 말이었다. 나는 새삼스러워 긴장하고 서 있었다. 주르륵, 겨드랑이에서 땀이 흘러내렸다. 그때 기영에게 끌린 결정적인 이유를 생각해보면 데오드란트 때문인 듯하다. 액취증이 있는 사람을 만나기가 쉽지는 않으니까. 물론 기영이 액취증 환자라고 단정 지을 수는 없었지만 똑같이 아로마 향을 구매했다는 것만으로도 친근하게 느껴졌다.

며칠 후 마트에서 다시 기영을 만났을 때 그는 나를 카페로 이끌었다. 나는 기영이 디카페인 커피를 주문하고 케이크를 고르는 걸 잠자코 지켜봤다. 찻값

정도는 낼 마음이 있었는데 기영이 자기 몫을 정확하게 계산하고는 자리를 찾아 앉았다. 그런 단정한 의사 표현이 결정 장애가 있는 사람에게는 묘하게 안도감을 주었다. 기영이 커피를 한 모금 마시고 물었다.

"드림캐처가 효과가 있던가요?"

나는 여전히 악몽에 시달리고 있었지만 그런 척, 고개를 끄덕였다.

"말수가 없네요. 연주 씨가 그래서 좋아요."

기영이는 사람을 기분 좋게 만드는 묘한 기운이 있었다. 싱긋 웃을 때 반달이 되는 눈웃음이 아주 매력적이었다. 기영은 보험회사에서 전화 안내원 일을 한다고 했다. 2개월 되었다면서 길게 한숨을 내쉬었다. 나는 극한직업이라고, 기꺼이 공감해 주었다. 사서 일도 그렇지만 사람 상대하는 것 자체가 힘든 일이니까.

기영은 그런 내게 활짝 웃어 보였다. 그러고는 내 눈을 빤히 들여다봤다. 이제 당신이 이야기할 차례라는 듯. 나는 도서관 사서 일을 하며 먹부림이라는 호스필드육지거북이 한 마리와 살고 있다는, 간단하지만 전부를 알려줬다.

"사람 상대하는 건 같으네. 우리는 입맛도 비슷한 것 같애. 농협 김치가 가격도 착하고 맛도 좋죠? 원 플러스 원 할 때도 많고."

나는 약간 자신감이 붙어서 나름의 구매습관을 말했다.

"난 뭐든 하나가 붙은 거에 손이 가요. 어묵이나 소시지 같은 건 하나가 냉동실로 들어가지만."

"하하! 맛은 잃게 되지만 어쩔 수 없죠."

기영은 격하게 동의했다. 그러곤 냉동하면 안 되는 식품에 대해 나열하기 시작했다. 그러다 불쑥 제안했다. "될 수 있음 신선식품을 먹어야 한다던데, 우리 같이 살래요?" 마침 계약기간이 끝나서 집을 보러 다니는 중이라면서.

신선식품을 먹자고 같이 살게 되었다면 웃을지도 모르겠다. 그러나 그때 우리는 진지했다. 혼밥의 외로움을 알고 있었다.

기영이 말했다.

"그거 알아요? 우리가 살아가는 하루하루가 거래의 연속이라는 거?"

그래서 어쩔 수 없이 뭐든 결정하게 된다는 것이다.

"거래를 부정적으로 생각하는 경향이 있는데, 난 아니라고 봐요. 서로 주고받는 행위를 말하지만 여기에 꼭 물건만 해당하는 건 아니란 거지. 박기영과 김연주의 인연도 거래의 시작이랄 수 있겠죠."

기영은 똑 부러졌다. 나는 사람과의 만남을 경제활동으로 풀어내는 20대를 본 적이 없었다. 흥미로웠지만 거래라는 어감이 좋지 않았다. 내가 언짢은 표정을 지었는지 기영이 길게 설명을 덧붙였다.

"자본주의적 발상을 하니깐 거리감이 생기는 거지. 마음 맞는 친구를 만나 동거한다는 건 행운이라고 생각해요. 이보다 완벽한 거래가 있을까요?"

사람이 살면서 수많은 인연과 만나는데, 물질은 물론 이런저런 감정의 거래를 통해 서로 성장한다는 기영의 말은 무척 타당성 있게 들렸다. 대항할 만한 논리나 말주변이 없었던 나는 결국 월세 몇십만 원에 동거를 시작하고 말았다. 자매가 없는 나는 사실 동거생활에 환상 같은 것도 있었다. 기영이 상자 몇 개와 트렁크 두 개를 끌고 들어왔을 때 혼란과 설렘이 마음을 흔들어대었다.

무기력증에 빠져있던 일상에 기영은 신선한 바람을 몰고 왔다. 우리는 가공식품 대신에 물기 머금은 아삭한 샐러드와 감자와 양배추 같은 신선식품으로 차린 밥상에서 건강하게 웃고 떠들었다. 돼지고기를 넣고 김치찌개를 만든 날은 소주를 먹었고, 비 오는 저녁에는 파전에 동동주를 마셨다. 작은 부엌에서 요리가 시작되면 기영이는 유리잔에 술을 채우고 음악을 틀었다. 나는 행복했고 내 몸속에 새로운 기운이 충만되는 걸 느꼈다. 토요일이면 마트에서 파는 가장 저렴한 하우스 와인으로 한껏 분위기를 내곤 했다. 베란다에 채소를 키우기로 한 날도 아로마 향초를 켜고 포도주를 마시고 있었다.

"식물을 키워보면 어때?"

기영이 제안했다.

"왜? 귀찮게."

나는 어깨를 으쓱였다. 기영이가 조심스럽게 말을 꺼냈다.

"처음부터 느낀 건데, 집이 너무 칙칙해."

틀린 말은 아니었다. 다세대주택의 1층은 대개 배수구가 문제였다. 위층의 부지런한 누군가 때문에 늘 물이 고여 있었고, 곰팡이와 물이끼가 자리 잡고 있었다. 햇빛은 감질나게 오후 3시쯤에서나 2미터 남짓 들어왔고, 겨울에는 빨래가 마르지 않아서 거실에 널어야 했다. 또 한 가지 문제라면 앞집과의 거리였다. 베란다 창문 너머로 늘 앞집 남자가 어른거렸다. 머리는 가장 가는 롤로 파마를 하고 구레나룻을 기른 그의 얼굴은 꼭 브로콜리처럼 보였다. 그는 노상 부엌 창문을 열어놓아서 목욕탕에서 부르는 노랫소리도 들렸다. 나는 그것이 늘 불편했다. 한 달에 한 번은 침구나 쿠션 따위들을 툭툭 털어내기라도 해야 하지만 내키지 않았던 이유는 순전히 그 브로콜리 때문이었다. 우리 집 먹부림이 베란다를 좋아하니까, 그것으로 만족했다. 배수구 이끼 위에서 햇볕을 쬐는 먹부림을 보면 마음이 따뜻해져 왔다.

"불가항력적인 것도 있어."

"노력도 안 해보고?"

기영은 우선 채소를 키워보자고 했다. 베란다에 생명의 기운을 넣어보자고, 먹부림도 좋아할 거라면서.

"요즘 장바구니 물가가 장난 아니잖니. 상추 한 봉지가 돼지고기 100그램보다 비싼 거 알아?"

우크라이나와 러시아의 전쟁으로 세계적인 인플레이션이 진행되고 있었다. 하필이면 두 나라는 천연가스와 원유, 밀, 옥수수, 비료, 전기차의 핵심 소재인 니켈까지 천혜의 자원을 가진 나라였다. 원자재 가격 인상이 따라왔고 우리는 고통스러운 시간을 보내고 있었다. 최강한파까지 덮쳐 유난히 추운 겨울이었다.

"꿩 먹고 알 먹고, 오케이?"

기영은 추진력 하나는 끝내줬다. 우리는 중고마켓에서 3단 수경재배기를 공동구매 했다. 창문을 열 필요도 없었다. LED로 광합성작용을 하는 똑똑한 밭이었다. 전기요금도 과하게 나오지 않는다고 했다. 그 똑똑한 밭 이름을 뱅크라고 지었다. 우리는 1단부터 3단까지 쌈밥집에서 나오는 갖가지 쌈채소 씨앗을 뿌려놓았다. 기영이 자기 키만 한 뱅크를 바라보며 흐뭇하게 웃었다.

"쌈 싸 먹을 정도로 자라면 돼지고기 앞다리를 사자. 수육 파티를 해야지?"

"아니야. 첫 쌈은 삼겹살로 하자. 내가 살게."

공동경비로 생활비를 쓰고 있었지만 나는 그렇게 집주인 행세를 하곤 했다.

새로 기획한 성인 독서강좌가 개강하는 날이었

다. 강사는 신춘문예로 등단하고 장편소설 3권을 출간한 꽤 알려진 작가였다. 홍보가 부족해선지 신청률이 저조해서 걱정하고 있었다. 관장이 SNS든 지역신문이든 공격적으로 홍보하라고 요청했는데 코로나 방역이 완화되면서 폐강을 면할 정도의 수강생이 모집되었다. 다행히 체면치레는 하게 된 것이다.

첫날이라 오리엔테이션을 진행할 예정이었다. 강사가 메일로 보내준 빽빽한 계획서를 복사하면서 세상에 쉽고 만만한 일은 없다는 생각이 들었다. 한 시간 남짓한 강의를 위해 기울였을 시간과 노력이 그 계획서에 들어 있었다. 그즈음 기영이는 오픈런 알바를 새롭게 시작했다. 단순노동에 비해 수입이 좋다며 토요일의 달콤한 새벽잠을 포기했다. 금요일엔 꼭 심야 영화를 봤는데 그걸 포기하는 걸 보고 그 일에 진심이라는 걸 알았다. 기영이 꿈은 통장에 0이 8개가 찍히는 날까지 달리는 것이었다. 그래서 말릴 수 없었다.

입사 동기에게서 퇴근 후에 차 한잔하자는 문자가

왔다. 선물 받은 커피 쿠폰이 있다면서 얼마 전에 촬영했다는 스튜디오 웨딩드레스 사진을 보여주고 싶어 했다. 새벽에 기영이가 나가면서 뱅크의 초록이들이 쌈 싸 먹을 만큼 자랐다며 삼겹살을 사 오라고 했었다. 나는 기영이와 즐길 오붓한 만찬을 떠올리며 선약이 있다고 답 문자를 보냈다. 입사 동기를 보면 사랑의 깊이가 시간과 비례한다는 생각이 들었다. 그 친구는 10년 연애 끝에 결혼한다고 했다.

  기영이와 드레스를 맞춰 입고 싶었다. 동거 100일 기념으로 삼청동에 간 날이었는데 우리는 한복을 빌려 입고 경복궁에 가기로 했다. 기분전환도 하고 무료관람도 하는 두 가지 기쁨을 누려보자고 의기투합했었다. 나는 금박문양이 놓인 흰색 한복 두 벌을 골라 기영에게 내밀었다. 옷 고르는 안목을 칭찬받고 싶었고, 좋아할 줄 알았다. 그런데 기영이가 고른 옷은 옥색 두루마기였다. 나는 절친처럼 입자고 졸랐지만 기영이는 남자 코스프레를 원했다. 언제 해보겠냐면서 수염까지 붙이고 싶어 했다. 나는 소름

돋은 시늉을 했다.

"수염을? 징그럽게."

"멋있잖아."

"넌 브로콜리가 멋있디?"

"난 귀엽던데."

기영이 장난스럽게 말했다. 나는 기영이를 노려봤다. 기영이가 두루마기를 겉옷 위에 걸쳐 입고 싱긋 웃었다. 마트에서 처음 만난 날, 흰색 반소매 셔츠에 물이 빠진 슬림핏 청바지를 입었을 때도 그렇게 싱긋 웃었다. 보통 그런 간결한 차림으로 다녔기 때문에 기영을 떠올리면 앳된 미소년 이미지가 동그마니 남는다. 기영이는 남자 한복도 잘 어울렸다. 적당하게 각진 어깨선과 긴 허리선을 따라 실크 천이 날렵하게 떨어졌다. 바라보고 있자니 아뜩해서 어지럼증이 일어났다. 장난기가 발동한 기영이는 양반걸음을 하다가 거울을 보고는 배꼽을 잡고 웃었다. 그러다가 싫증이 났는지 그 대여비로 카페나 가자고 말했다. 실용주의자와 감성주의자와의 싸움은 매번 실용주의자의 승리로 끝나곤 했다. 그날 우리의 한복 나들이는 기념사진 한 장으로 대신했다.

경복궁은 가을과 겨울 사이에 있었다. 첩첩한 기와지붕 위로 겨울을 재촉하는 낮달이 떠 있었다. 우리는 잎을 떨구고 은행만 달고 있는 은행나무 길을 따라 궁 안으로 걸어 들어갔다. 근정전 너머 향원정까지 말없이 걸었다. 연못은 누르죽죽한 연잎이 화려했던 여름날을 기억하고 있을 뿐 휑뎅그렁했다.

"누각에 향기 향 자를 붙인 이유가 뭘까?"

기영이가 물었다.

"글쎄, 연꽃 향기가 좋았을까? 사람에게 향기가 있듯이 저 정자에도 향기가 나길 바랐을지도 모르지."

사실 나는 '네 몸 향기가 좋다.'고 말하려고 했다. 파트리크 쥐스킨트의 〈향수〉에 나오는 주인공 그루누이처럼 기영이의 체취를 모조리 삼켜 버리고 싶었다. 나는 내년 여름에 다시 오자고 말했다. 향원정의 연꽃 향기가 얼마나 향기로운지 꼭 확인해 보고 싶었다. 그때 기영이는 '그러자'가 아니라 '바란다'라고 말했다.

"나도 그러길 바래."

빛바랜 단풍이 연못 위로 춤을 추며 떨어졌다. 노을이 병풍처럼 우리를 둘러쌌고 나는 불그레해진 기영이 얼굴을 한참 동안 바라봤다. 기영이 내 손을 꼭 잡아줬다. 그러곤 눈웃음을 지었다.

부탁받은 샤넬 가방은 샀는지 궁금했다. 성공하면 수고비가 30만 원이라고 했다. 오픈런은 성공했어? 기영에게 카톡 문자를 보냈다. 그날은 퇴근 시간이 될 때까지 숫자 1이 지워지지 않았다. 무슨 일일까? 전화도 먹통이었다. 조바심이 났다가 불안하더니 걱정이 몰려왔다.

서둘러 퇴근했다. 약속한 대로 동네 정육점에 들러 삼겹살을 한 근 샀다. 파채 한 봉지를 넣어주길래 하나 더 달라고 했다. 기영이가 파무침을 좋아했다.

새콤달콤하게 무쳐놓으면 고기에 얹어 야무지게 먹었다. 정육점 바깥 가판대에 모둠 상추가 진열되어 있었지만 의기양양하게 지나갔다. 뱅크의 초록이들을 생각하면 흐뭇했다. 며칠 전에는 상추 몇 포기를 솎아서 샐러드를 해 먹었는데 시중에 파는 것과는 비교도 안 되게 부드러웠다. 슈퍼에서 포도주도 한 병 샀다. 기영이가 좋아하는 칠레산으로.

현관에 기영이의 스니커즈가 가지런히 놓여 있었다. 기영은 베란다에 있었다. 나는 식탁 위에 장 봐 온 걸 부려놓으며 짜증스레 물었다.

"왜 전화 안 받아?"

"배터리가 나갔어."

"회사에도 충전기 있잖아."

"말하는 거 지긋지긋해서."

나는 한숨을 쉬었다.

"거기서 뭐 해?"

먹부림이 치커리를 뜯어 먹는 걸 기영이가 가만히 지켜보고 있었다. 나는 먹부림이 버릇없이 구는 게 싫었다.

"말리지. 버릇없어져."

"얼마나 먹는다고."

나는 뱅크가 3단까지 있어서 다행이라고 생각했다.

"전화는 왜?"

기영이가 물었다. 매일 퇴근할 때마다 통화하면서 새삼스러웠다. 나는 오픈런 알바의 결과에 대해 물었고, 구매 실패로 5만 원을 받았다고 기영이가 말했다. 의뢰인이 사고 싶던 클래식 모델이 벌써 동이 났더라나. 의뢰인이 전화통에 대고 "5번까지는 받았어야죠"라면서 신경질을 부렸단다.

나는 괜히 억울한 심정이 되었다.

"너도 한마디 하지 왜."

"뭐라고 해. 틀린 말도 아닌데 뭘."

기영은 전화로 절대 험한 말을 하지 않았다. 전화 안내원으로 살아가려면 목소리에 감정을 실어서는 안 된다고, 3년 차 베테랑 사수에게 교육을 받았다.

민원인이 어떤 진상을 부려도 '죄송합니다, 고객님'이 바로 나와야 하고, '곧 처리하겠습니다'로 달래야 한다고. '나는 감정 없는 AI다'를 외치고 일을 시작하면 상처를 덜 받는다며 팁을 알려줬다고 한다. 잘 버텨내는 것 같지만, 쾌활하던 기영이가 말수도 없어지고 점점 활기가 없어지는 것이 안타까웠다.

전기밥솥에 밥을 안치고 된장찌개를 끓였다. 기영이가 손바닥 반만큼 자란 쌈채를 뜯어와서 한 번만 헹궈 소쿠리에 담았다. 기영이가 삼겹살을 구울 때 나는 와인잔에 포도주를 가득 따랐다. 우리는 포도주만큼은 감질나게 마시지 말자며 2인 1병을 고수했다. 삼겹살 만찬이 끝나고 와인잔을 들고 소파로 갔다.

둥지처럼 내려앉은 소파는 세월을 기억했다. 부모님의 체취가 고스란히 남아 있는 자리에서 나는 평안을 얻곤 했다. 길게 드러누웠다. 기영이는 허리를 소파에 기대고 바닥에 앉았다. 내가 집주인 행세를 해도 기영이는 불만스러워하지 않았다.

"아직 악몽 꿔?"

기영이가 거실 블라인드에 걸린 드림캐처를 가리키며 물었다.

"응, 가끔. 넌?"

기영이는 괜찮다고 말했다. 정말 괜찮은지는 알 수 없지만 밤새 화장실을 여러 번 들락거리는 걸 나는 알고 있었다. 아로마 향초나 드림캐처도 숙면을 가져다주지는 못했다. 술에라도 의지할 수 있으면 좋으련만 몇 번 숙취로 고생하고부터는 과음은 삼갔다. 나는 밤마다 달려드는 덤프트럭을 피하다가 절벽에서 떨어졌다. 피 칠갑한 얼굴을 감싸며 깨어나면 그것이 땀이라는 걸 확인하고서야 다시 잠들 수 있었다. 기영이는 따스하게 위로해줬다.

"사고는 평등해. 네 가족이 그날 그 시간 그 자리에 있었던 건 그냥 운이 나빴던 거야. 어쩔 수 없는 불의의 사고였다고."

"다 나 때문이야. 포기해도 됐었어. 그깟 숙박권이 뭐라고! 굳이 비 오는 날에 출발했어야 했나 싶어."

"호텔 숙박권을 포기하긴 어렵지. 라디오 수기 당선으로 받은 거라며. 이젠 잊어. 네 부모님도 그러길 원하실 거야."

사실 그런 따스한 말이 듣고 싶어 어리광을 부렸다. 그럴 때마다 기영이 나를 안아줬다. 나는 빨리 세월이 흐르기를 바랐다.

"빨리 노인이 되면 좋겠어."

"왜?"

"꿈이 없을 거잖아."

"풋! 그렇다고 꿈도 안 꿀까. 악몽이 사람을 죽이진 않아."

"그러게. 나만 살아있지."

사람들은 자기와 관련된 죽음만 슬퍼한다고 하지만 기영은 이기적이지 않았다. 공감해 주고 슬퍼해 줬다. 평생 가지고 가야 할 죄책감과 두려움에 대한 이야기를 기영에게는 말 할 수 있었다. 그러고 나면 죄가 조금은 가벼워지는 느낌이 들었다. 진지하게 들어주는 내 편이 있어서 행복한 미래를 꿈꾸기 시작했다. 함께 밥을 먹는 식구에 기영이가 들어오면서 기영이한테 점점 애착했다. 나는 기영이가 책을 보거나 음악을 듣고 있을 때 혹은 텔레비전을 보고 있을 때 그 옆에서 깊이 잠이 들곤 했다. 후회되는 건 그때 기영이의 꿈에 대해 그리고 악몽에 대해 묻지 않았던 일이다. 그때 나는 좋아하는 일에만 집중했다.

베빈다의 'Ja Esta'가 흘러나왔다. 기영이가 따라 불렀다. 들고 있던 와인잔에 붉은 잔물결이 일었다. 그날 기영이 목소리는 베빈다만큼 애절했다. 나는 몸을 돌려 서툴게 기영이 겨드랑이에 팔을 넣고 어깨에 머리를 기댔다.

"니 냄새가 좋아."

우리는 아로마 향으로 각자의 체취를 숨겼지만 기영이가 풍기는 비릿한 밤꽃 향내는 나를 녹진하게 만들었다. 포도주에 취한 건지 분위기에 취한 건지 알 수 없는 용기가 배 밑에서 올라왔다. 나는 입술을 내밀었다. 기영이 내 입술에 키스해 줬다. 나는 눈을 감았다. 달콤하고 간지러웠다. 1분쯤 그렇게 있다가 기영이가 입술을 뗐다. 그러곤 텔레비전을 켰다. 나는 서글프게 양팔로 가슴을 감싸 안고 돌아누웠다. 기영이가 내 등을 쓰다듬었다.

출근 준비가 바쁠 때 우리는 곧잘 목욕탕을 함께 썼다. 보는 앞에서 아무렇지 않게 샤워를 하고 옷을 갈아입었다. 서로의 등에 보디로션을 발라 줬고 머리를 말려 줬다. 내 손이 기영이의 작은 가슴을 스칠 때 기영은 아무렇지 않았을까? 나는 의기소침해졌고, 혼자서 끙끙 앓았다.

기영이는 오픈런 알바에 재미를 붙였다. 새벽 운동도 할 겸 꿩 먹고 알 먹는 일자리라며 주말마다 나갔다. 일요일 하루는 쉬라고 말해도 물 들어올 때 열심히 노 저어야 한다면서 바쁘게 나갔다. 명품가격이 오른다는 말이 나올 때가 피크라나. 나는 비번인 날에는 먹부림을 데리고 산책하러 나갔다. 스트레스를 풀어주기 위해서지만 비타민D가 부족하면 등껍질이 물러지는 병에 걸리기 때문이다. 오후 늦게나 잠시 들어오는 햇볕으로는 부족했다. 겨우내 먹부림은 집에서 일광욕을 했다. 뱅크 옆자리에 LED조명을 받으며 가만히 지냈다. 베란다 창문을 밀자 알루미늄 마찰음과 함께 흙먼지가 날아갔다. 잠시 물러섰다가 고개를 빼고 하늘을 올려다봤다. 남쪽에는 매화가 피기 시작했다지만 서울의 북쪽 끝자락에 있는 다세대촌에는 한랭전선이 머물러 있었다. 꽃샘바람이 얼굴에 선득하게 와닿았지만 잠깐 바람을 쐬어주기로 했다.

막 새순이 돋기 시작한 화단에 먹부림을 내려놓았다. 목을 길게 빼고 흡흡, 바람 냄새를 맡았다. 많이 먹지도 않고 미용실에 갈 필요도 없고 짖지도 않는 먹부림은 게으른 주인을 만났어도 삐지거나 불평하지도 않았다. 배롱나무 밑동에 앞발 하나를 귀엽게 올리고 망중한을 즐기는 모습이 너무 사랑스러웠다.

사이렌 소리가 들렸다. 곧이어 119구급차 한 대가

빌라 안으로 들어왔고, 구급대원들이 환자 이동 침대를 앞 동으로 황급히 밀고 들어갔다. 8가구 중 누군가의 집에서 인명사고가 일어난 모양이었다. 분리수거장에서든 슈퍼에서든 행인으로든 한 번은 마주쳤을 이웃 주민이었을 텐데, 나는 약간 어지럼증이 일어났다. 일광욕 산책이 그만 시큰둥해졌다. 인명을 구조하는 구급차가 질서와 감정을 흐트러뜨리는 파괴적인 면이 있다는 것이 아이러니했다.

마음이 허하면 허기가 진다고 누군가 그랬다. 갑자기 뭔가가 먹고 싶어졌고 그걸 찾아 먹어야 위로가 되었다. 떡볶이 국물에 튀김만두를 찍어 먹고도 싶고, 순대와 김밥도 생각났다. 역촌역 쪽으로 걸어 내려갔다. 오후 5시의 역사는 사람들로 북적였다. 에스컬레이터로 사람들이 줄지어 내려가고 올라왔다. 동네공원 쪽으로는 운동복 입은 사람들이 오고 갔다. 분주하면서 여유로운 풍경이었다. 도로 건너편으로 늘어선 상가에 치킨 가게가 보였다. 간판 가장자리를 따라 조르르 박힌 전등알이 하나씩 교차하며 깜박였다. 커다랗게 적힌 전화번호가 눈에 들어왔다. 신호등이 막 녹색에서 적색신호로 바뀌었을 때 전화를 걸었다.

"매운 걸로 하나요."

도로는 귀갓길의 사람과 자동차로 가득 찼다. 녹색신호를 기다리는 잠깐의 시간에도 사람들의 신경은 온통 핸드폰에 가 있었다. 나도 그들처럼 핸드폰 화면으로 들어갔다. 기영에게 카톡을 보냈다.

-저녁으로 치킨 시켰어.

-뭘로?

-니가 좋아하는 걸로. 언제 와?

-늦어. 먼저 먹어.

기영이 늦게 오는 일이 잦아지고 있었다. 간단하게 먹고 왔다며 저녁을 건너뛰는 날도 많았다. 나는 기영이 몫까지 먹느라 점점 체중이 늘어났다. 그새 신호가 바뀌었고 양방향으로 사람들이 스쳐 지나갔다.

상상적 풍경

누구 한 사람 부딪치지 않고 제 갈 길을 걸어갔다. 40초짜리 신호등을 사이에 둔 반대편 세상은 완전히 딴판이었다. 음식과 노래와 술이 막 시작되려고 했다. 그런 어수선한 분위기가 사람의 마음을 들뜨게 했다. 나는 금방 분위기에 휩쓸려 들어갔다.

치킨이 튀겨지는 동안 500cc 생맥주를 한 잔 시켰다. 작은 볼에 팝콘이 따라 나왔다. 나는 거품부터 한 모금 마셨다. 가벼우면서 살짝 탄산 맛이 돌았다. 여자 손님이 많을 것 같았다. 나는 들어오는 손님들을 지켜보면서 천천히 맥주잔을 기울였다. 가족과 연인과 친구들이 삼삼오오 들어와서 주문하는 걸 맥없이 지켜보고 있었다. 주문한 치킨이 이미 나와서 비닐봉지에 김이 서리고 있는데도 한참 동안 그러고 있었다.

기영이가 손님으로 들어온 건 홀이 거의 찼을 때였다. 내가 반가워서 손을 들려고 했을 때 기영이와 팔짱을 끼고 온 남자를 발견했다. 40대로 보였는데 명품 로고가 찍힌 패딩을 입고 있었다. 남자가 기영을 에스코트해 자리에 앉혔고, 기영은 트레이드마크인 반달 모양의 눈웃음을 애교스럽게 지었다. 남자가 메뉴판을 보더니 금방 주문을 넣었다. 그러곤 두 사람은 서로의 손을 만지작거렸다. 그러다가 기영의 작고 마른 손에 남자가 입을 맞췄다. 그들은 음식을 기다리는 동안에도 사랑을 확인하고 있었다. 그들이 행복해 보여서 방해할 수 없었다. 그 순간 나는 완전히 타인이었다.

나는 가게를 나왔다. 콜라와 무피클까지 들어간 치킨 봉지가 무거웠다. 집까지 갈 일이 아득하게 느껴졌다. 바깥세상은 이제 본격적으로 음식과 노래와 술로 흘러넘쳤다. 그것들은 한통속이 되어 물큰하게 콧속으로 들어왔다. 쿰쿰하고 비릿했다. 열정과 냉정과 낭만이 공존하는 도시의 중앙에 서 있는 기분이었다. 나는 어느 편에 가까운 사람일까. 인적성 검사를 하고 취업에 성공한 건 불가사의다. 서점에서 기출문제 두 권을 사서 연속해서 풀었다. 나는 기출문제의 마지막 팁에 기댔다. 솔직함을 이기는 것은 없다는 아주 평범한 조언을 믿어보기로 했다.

당신은 거짓말을 한 적이 있습니까?
네.

나는 솔직하게 문제를 풀 수밖에 없었다. 정직하게 살라던 부모님의 말씀을 기억한 것은 아니었다. 그 짧은 시간에 많은 문제를 풀어야 하는 긴장 속에서 이익을 따질 만큼 영리하지 못했을 뿐이다. 기영에게도 솔직했다. 그래서 상처받고 있었지만 나는 기다리고 있었다. 존 케이지가 작곡한 악보 없는 '상상적 풍경'은 관객들이 만들어내는 반응이 그날의 연주곡이 된다. 연주회 때마다 어떤 곡이 연주될지 아무도 모른다. 관객들은 어떤 찬란한 음악이 탄생할 것인지 기대하면서 연주회에 참가한다. 나는 알 수 없는 미래를 걸어가고 있었고, 그래서 기대하게 되었다. 집까지 걸어가면서 가로등이 얼마나 슬픈 빛을 내는지, 뿌연 은가루가 흩어졌다. 나는 얼른 눈가를 훔쳤다.

 탁자 위에 덩그러니 놓인 치킨 상자를 맥맥하게 바라봤다. 그동안 치킨 냄새가 거실을 부산스럽게 돌아다녔다. 입맛을 잃은 나는 베란다로 나가서 창문을 열었다. 알루미늄 마찰음이 낮게 가라앉은 밤공기를 깨웠다. 앞집 부엌 창문이 닫혀 있었다. 불이 꺼진 걸 본 적이 없었던 것도 같았다. 먹부림이 뱅크의 초록이들을 깨작깨작 갉아먹고 있었다.

 "팍팍 뜯어 먹어도 돼."

 쌈채소들은 무럭무럭 자라서 뱅크를 푸른 초원으로 만들고 있었다. 혼자서 저녁이 있는 삶을 즐길 작정으로 치커리를 몇 장 뜯었다. 쌉쌀한 치커리 샐러드가 어울리는 저녁이었다.

 앞집에 신혼부부가 이사 왔다. 나는 열린 부엌 창문 너머로 인테리어 공사하는 걸 3주 동안이나 지켜봤다. 목욕탕과 부엌 창문이 하이섀시로 교체되었고,

상아색 벽지와 어울리는 광택 나는 하얀색 가구들이 들어왔다. 아! 전에 살았던 브로콜리는 이 세상 사람이 아니다. 119구급차가 들렀다 가고 이틀이나 지난 즈음에야 슈퍼 아주머니에게서 들었다. "젊은 사람이 안됐어." 슈퍼 아주머니는 혀를 차며 안타까워했다. 그의 죽음으로 청년 고독사가 특집 뉴스로 방송되기도 했다. 브로콜리가 고독사일 리가 없다고 방송국에 전화하고 싶은 걸 참았다. 샤워할 때마다 노래 부르는 남자가 고독하게 죽었을 리가 없다고 증언하고 싶었다. 속옷 바람으로 부엌 창문을 열어 놓고 보란 듯이 생활하던 남자였다. 불의의 사고는 집안에서도 일어나는 거라고, 목욕탕에서 미끄러졌거나 갑자기 심장이 멈췄거나. 그편이 나은 것 같았다.

신혼부부는 매일 저녁을 함께 먹는 편이었다. 맞벌이 같았고, 남자가 요리했다. 흰색 반소매 티셔츠를 입고 개수대 앞에 대개 남자가 서 있었다. 남자는 주로 냄새가 강한 요리를 만들었다. 카레와 짜장밥과 마파두부를 돌아가며 했다. 신선한 야채를 먹으면 좋을 텐데, 나는 뱅크가 쌈채들을 너무 잘 키워내어서 신혼부부와 나눠 먹을까 생각했다.

기영이 남자와 동거를 시작했다고 알려왔다. 남자가 전화 안내원 일을 그만두라고 해서 단박에 그만두었다며 소리 내어 웃었다. 남자의 소득이 높아서 자신이 일을 안 해도 된다고 했다. 지금은 빌라에 살지만 곧 분양받은 아파트로 이사 갈 거라고도 했다. 남자가 나이가 있어서 아기를 빨리 가져야 한다는 말에는 부끄러워하는 기색이 있었다. 기영의 꿈이 현모양처라는 걸 그때 알았다.

"넌 어떤 악몽을 꿔?"

내가 물었다. 그때 물어보지 못해서 미안했다.

"연주야, 너 소개팅 할래?"

그 뜬금없는 제안이 너무 서운했다. 기영은 나에게 관심조차 없었다는 걸 그렇게 말로 보여줬다. 그토록 아무렇지 않게 말할 수 있는 걸까? 그날 나는 혼자서 저녁을 잘 차려 먹었다. 토마토를 곁들인

샐러드와 식은 밥으로 김치 리소토를 만들었다. 설거지는 뒤로 미뤘다. 뭐라고 할 사람도 없었다. 식탁 귀퉁이로 밀려나 있는 기획안을 집어 들었다. 여름방학 특강으로 기획한 프로그램이었다. '환경을 위한 북아트' 강좌가 개설될지는 알 수 없었다. 그건 관장의 마음에 달려 있었다. 다가올 여름의 나는 무엇을 하고 있을까? 창구에 앉아 대출과 반납 업무만 하기에는 도서관은 넓고 할 일은 많았다. 관장 말대로 사서는 지역문화를 발전시키는 사람들이므로.

손님

숙취 해소에 라면이 제격이라는 건 내가 콧물을 혼자 닦을 줄 알았을 때부터 아버지에게서 들은 말이다. 신김치와 파를 넣어 면이 불어 터질 때까지 끓이는 것이 그 해장라면의 비결인데 속쓰림을 달래주려면 절대로 면이 꼬들해서는 안 된다는 것이 아버지의 지론이었다. 과음으로 입안이 소태나무 껍질처럼 쓴 날에는 어김없이 푹 끓인 라면으로 쓰라림을 달랬다. 분식집을 하면서 하루에 50그릇을 끓이는데도 라면이 지겹지 않은 걸 보면 천직이라는 생각이 든다. 면을 크게 한 젓가락 집어 입에 넣었을 때 핸드폰이 울렸다. 처음 보는 전화번호라 받지 않았는데 잠시 후 문자 메시지창이 떴다.

-혹시 장헌수씨? 나 정한수요

단 세 젓가락질 만에 건더기가 없어져 버렸고 나는 아쉬운 대로 라면 국물에 식은 밥을 말아 나머지 공복감을 채웠다. 아무리 생각해 봐도 어제는 너무 많이 마셨다. 여진이가 헤어지자고 이야기했을 때 제대로 가속도가 붙었던 것이다. 배가 부르니 곧 아랫배에서 소식이 왔다. 화장실을 세 번이나 들락날락하고 나니 속이 텅 비워지면서 속쓰림이 다시 시작되었다. 탈이 제대로 난 것 같았다. 여진이는 트렁크 하나에 자신의 옷가지를 꾸깃꾸깃 구겨 넣고는 현관에 벗어놓은 신발들을 검정 비닐봉지에 몽땅 쑤셔 넣더니 그대로 나가버렸다. 그래서 나는 강소주를 내리 3병 마시고는 그대로 뻗은 것 같은데, 여진이에게 건 미연결 통화가 16개나 찍힌 걸 보면 아직은 헤어질 준비가 안 되었다는 증거이겠다. 여진이가 없는 아침이 텅 비어버린 위장처럼 허전했다. 그러니 실연한 남자라면 당장에 이불 속으로 들어가 술에 전 폐인이 되어야 하지만 뭔가를 다시 채워 넣고 싶은 갈등이 생겼는데 나 자신에게 몹시 불쾌감이 들었다. 뭘 다시 끓여 먹기는 번잡스러워서 전자레인지에다가 즉석 죽이라도 데워먹어야 하나, 고민하다가 일단은 숙취 해소 드링크제를 찾아 싱크대 선반을 뒤졌다. 다시 문자창이 떴다.

-묵묵부답? 가타부타 알려주삼

여러 종류의 라면 봉지 사이에서 한 병이 숨어있는 걸 발견하고 단숨에 따서 들이켰다. 알싸한 액체가 목구멍으로 내려가면서 된트림이 올라왔다. 급속도로 머리가 맑아진 것인지 순간 머릿속에서 경고음이 울렸다. 연락 없던 동창이 불쑥 전화질을 하면 경계하라고 했던가? 초등학교 6학년 때 한 반이었던 그는 초성이 같아서 늘 혼돈을 초래했던 인물이다. 이름에 대한 오인으로 누가 더 피해를 보았을까를 생각해 보면 그쪽인 듯싶다. 숙제 검사 누락이나 청소 당번 겹치기 같은 자잘하게 손해를 끼치게 했는데, 숫기 없고 용기도 없었던 나는 시종일관 구렁이 담 넘어가듯 했으니 그럴 때마다 정한수는 미쳐 날뛰었다. 그러다 큰 것 한방으로 정한수를 피해 다니기 바빴으니 미안한 건 내 쪽이었음이 분명하다. 인연은 질겨서 고등학교까지 이어졌는데 졸업식 때도 그와는 사진 한 장 찍지 않았다. 그런데 그가 아침 댓바람부터 전화질과 문자질을 하고 있는 것이다. 내가 미안하다고 한 적이 있던가? 설마 지금에 와서 그 말이 듣고 싶지는 않을 텐데. 나는 마지못해 답문을 보냈다.

-오랜만이네. 근데 무슨 일?

-한번 보지

-오늘은 곤란. 내 몰골이 ㅜㅜ

-동창생끼리 뭘 따지나. 내가 갈게. 집이 제일 안전하지

　재까닥 답문을 보내는 걸 보면 급한 사정이 있는 것도 같아서 괜히 그의 형편이 궁금해졌다. 나는 어쩔 수 없이 주소를 찍어 보내고는 간단하게라도 몸단장은 해야 할 것 같아 목욕탕으로 들어갔다. 하루 하고도 반나절을 양치조차 하지 않았으니 누룽지가 혓바닥에 눌어붙은 것처럼 깔끄러웠다. 칫솔통에는 파랑과 분홍 칫솔이 나란히 꽂혀 있었다. 미처 챙겨 가지 못했구나, 하면서 벅벅거리며 양치질과 세수를 하고 까치머리가 난 쪽에 물을 묻혀 정리했다. 자꾸 머리카락이 일어나서 손가락으로 헝클어뜨려도 보았다. 그때 여진이의 보디 미스트가 눈에 띄었고 머리에 뿌리고 목덜미에도 뿌렸다. 장미 향기가 텁텁한 냄새를 짓누르고 풍겨 나왔다. 아차, 싶었지만 샤워까지 할 만큼 굳이 잘 보일 필요가 있을까 하는 의문이 들었고 그것보다는 집안 가득하게 배어있을

술과 라면 냄새를 없애는 편이 좋을 듯했다. 창문을 열고 설거지를 하고 빈 소주병을 베란다에 치웠다. 맥주 박스에 겹겹이 쓰러져 있는 각종 술병이 눈에 거슬렸지만 분리수거를 하러 나가는 건 또 내키지 않았다. 손님 대접은 자연스러운 것이 최선이라고 누가 말했던 것도 같고. 이불을 개고 방바닥에 널브러져 있던 옷가지들을 세탁기에 쑤셔 넣고 나니 갑자기 피로해졌다. 나는 안락의자에 가서 앉았다. 그런데 기다리는 일이 괜스레 엄숙해지는 것이다. 오랜만에 만나는 동창이 반가운 건지 설렘 같은 게 일어났지만 한편으로는 내 모습에서 뿜어져 나올 패배자의 기운이 신경 쓰였다. 강단지지 못하고 너무 쉽게 문을 열어준 것이 아닌지 후회스럽기까지 했다. 그래서 코로나19 상황을 끄집어내면서 후일을 기약하자는 문자를 보내야겠다고 결심했을 때 정한수로부터 빌라 아래에 도착했다는 문자가 왔다.

"이야, 살아있으니 이렇게 보는구나. 볕이 좋으네."

세미 정장 차림의 정한수는 현관문을 들어서자마자 하얀 이를 드러내며 웃었다. 열린 거실 창문으로 들어오는 바람결에 그의 머리칼이 살랑거렸다. 나는 그 잠깐 사이에 남은 숙취 찌꺼기가 확 날아가는 싱그러운 에너지를 느꼈다. 그는 슬쩍 집안을 둘러보더니 곧 은색 나사 트렁크(달 여행을 콘셉트로 해 제작한 여행 가방)를 현관 안으로 들여놓으며 성큼 들어왔다. 나는 검정 삼선슬리퍼 옆에 가지런히 벗어놓은 그의 갈색 양가죽 로퍼를 부드럽게 내려다보고 있었다.

"방이 두 개군."

그러면서 그는 본격적으로 집안을 탐색하고 싶은 눈치였다. 고개를 이리저리 기우뚱거리며 안을 살폈다. 나는 방이 두 개라는 뉘앙스에 예민해져서 물었다.

"어디 여행이라도 가? 이 시국에."

나는 트렁크를 뚫어지게 쳐다보았다.

"응, 갈까 하고."

그런데 나는 이상하게 올까로 느껴져서 의아했다. 그는 내가 생각할 틈도 없이 재바르게 움직였다. 목욕탕으로 들어가 손을 씻고 나와서는 카키색 코르덴 재킷을 2인용 소파에 걸쳐놓고 안락의자로 가서 앉았다.

"뭐 좀 마실래?"

"좋지."

여진이가 치킨을 시켜 먹고 남긴 콜라가 있을 것 같았다. 냉장고 음료수 칸에 먹다 남은 콜라가 세 병이나 들어 있었다. 그녀는 꼭 새 병을 따서 먹었다. 김빠진 콜라는 미지근한 섹스만큼 싫다며 변기나 개수대에 콸콸 부어 버렸다. 그러면서 하수구 냄새 제거를 위한 거라며 합리화했다. 유리잔을 찾아 얼음 몇 개를 넣어 정한수에게 갖다 주었다. 그는 팔걸이에 팔을 올리고 손가락으로 팔걸이 대를 두드리고 있다가 긴 손가락으로 컵을 받아들었다. 그때 금장이 들어간 롤렉스시계가 소매 깃 아래로 비죽이 보였다. 금장이 유난히 반짝거리는 것이 눈에 익어서 잠시 얼떨했다. 그는 콜라를 원샷하더니 얼음까지 입에 털어 넣으며 와사삭 깨 먹었다. 30대 중반의 나이에도 소년의 풋풋함을 간직한 그를 나는 부러운 듯 바라보았다. 그러다 계속 어정쩡하게 서 있었다는 생각이 들어서 2인용 소파 중앙에 다리를 벌리고 앉았다. 나는 체육복 바지에 핀 보푸라기를 몇 개 뜯어내면서 그가 먼저 말을 꺼내기를 기다렸다.

"아직 싱글이지? 여친은 있는 것 같고."

나는 내심 놀랐지만 피식 웃었다. 긍정도 부정도 아닌 내 얼굴을 탐색하더니 그도 피식 웃었다. 그러고는 형식적인 안부와 성의 없는 질문과 응답이 오고 갔다. 정한수는 2주 전까지는 증권맨이었다가 부동산컨설턴트 회사에 스카우트되어 곧 출근할 거라고 했다. 그러면서 증권회사에 다닐 때 고객이 얼마나 되었으며 그 고객 중에는 큰손도 몇 있었다며 자랑했다. 이직의 이유도 길게 논변했다. 코로나19 팬데믹이 장기화하면서 경제가 불황의 늪에 빠진 이 시점에는 유동성이 큰 주식보다는 땅에 투자하는 편이 안전하다는 것이다. 적은 돈을 크게 불리는 일에 일가견이 있다는 그는 땅의 시대를 여는 선두주자가 될 것이라며 자신했다. 나는 그저 고개를 끄덕이며 응대했다. 사실 큰돈이라는 말이 솔깃하게 들어왔지만 그쪽 방면으로는 문외한이었다. 나는 학교 앞에서 분식집을 하고 있으나 개점 휴업상태라고 간단하게 형편을 알렸다. 그는 나를 위로했고, 그러고는 대화가 끊어져서 뻘쯤해졌다. 그래서 늦은 인사를 건넸다.

"진짜 반갑다야."

그가 웃으며 주먹을 내밀었고, 나는 그의 주먹을 가볍게 쳤다. 롤렉스시계가 다시 눈에 들어왔다. 그는 힐긋 나를 보더니 자연스럽게 시계를 끌러 탁자 위에 올려놓았다.

"생각나지? 이 로렉스."

정한수는 '이 로렉스'라고 콕 찍어 말했다. 그건 떠올리기 싫은 아버지에 관한 이야기를 시작하려는 뜻으로 받아들여졌다. 나는 여진이가 몹시도 보고 싶어져서 핸드폰을 만지작거렸다. 안전 안내문자 두

통 외에는 들어온 게 없었다.

"헌수야, 늙수구레하고 돈 좀 있어 뵈는 사람 옆에 딱 서 있거라이. 알았지."

아버지는 버스 정류장 앞에서 매번 다짐을 받아냈다. 내가 한 정거장 전에 버스를 타고 가면 다음 정거장에서 아버지가 올라타는 식으로 일은 2인 1조로 이루어졌다. 아버지가 올라타기 전까지 나는 사람을 물색해야 했다. 그런데 그 늙수그레하고 돈 있는 사람을 찾는 일이 말처럼 쉬운 일이 아니었다. 이 일은 직감이 무엇보다 중요하게 작용했다. 직감은 경험의 산물이어서 초등학교 6학년의 나는 서툴기 짝이 없었다. 그러나 나는 최선을 다해 아버지를 도왔다. 아버지는 버스에서 시계 파는 장사꾼이었고, 나는 동업자인 셈이었다. 직업에는 귀천이 없다고 했던 담임선생님의 말을 위안으로 삼으며 늙수그레하면서도 돈 냄새가 나는 지갑의 주인을 찾아

통로를 지나다녔다. 자리가 있다고 앉는 것은 금지였다. 이 일은 재빨리 내리는 것이 두 번째로 중요했으니까. 그날 내가 찾은 늙수그레한 이는 중절모를 쓰고 유행이 지난 양복을 입었지만 옷태가 좋아 보였다.

나는 그 늙수그레한 이의 옆에 자리를 잡고 섰다. 내 직감이 통하기를 마음속으로 빌며 어서 아버지가 올라타기를 기다렸다. 다행히 늙수그레한 이는 내리지 않았고, 하드케이스 비즈니스 가방을 든 아버지가 호기롭게 올라탔다. 갑자기 버스 안이 환해지면서 사람들의 시선이 아버지에게로 쏠렸다. 아버지에게는 자석 같은 힘이 있었다. 냉장고에 붙은 병따개처럼 사람들은 아버지에게서 눈을 떼지 못했다. 아버지는 승객들에게 깍듯하게 인사부터 했다.

"안녕하십니까, 승객 여러분. 오늘같이 화창한 날과 아주 잘 어울리는 나이스한 물건을 소개해드리러 이 자리에 섰습니다. 바쁘실 테니 먼저 번호표를 받으시고 간단하게 오늘의 주인공을 소개하겠습니다."

아버지는 앞자리 승객부터 차례로 번호표를 나

누어 주었다. 절대 쓰러지지 않을 오뚝이 같은 숫자 11은 아버지에게 행운의 숫자였고, 숫자의 주인은 곧 시계 당첨자가 될 것이었다. 찰칵, 하드케이스 비즈니스 가방이 열렸을 때 번쩍이는 금장 시계가 사람들의 시선을 다시금 사로잡았다. 아버지는 화려한 언변으로 나이스한 주인공을 소개하기 시작했다.

"이것으로 말할 것 같으면 저 멀리 알프스를 넘어 스위스에서 온 금딱지 로렉스입니다. 멋쟁이 신사분들 사이에서 잠수부용 시계라고 와자하게 소문난 그 시계, 세숫대야에 빠져도 목욕탕에 빠져도 변기통에 빠져도 까딱없는 시계, 장인의 혼이 깃든 백 년 전통의 이 귀한 명품 시계를 오늘은 딱 한 분에게만 단돈 삼만 원에 드리겠습니다. 자, 행운의 선물을 받으실 분은 숫자 십일, 십 일 번이 되겠습니다."

그 중절모의 늙수그레한 이가 손을 번쩍 들었다. 아버지의 튼튼한 다리는 주행하는 버스 안에서도 흔들리는 법이 없었다. 아버지는 성큼성큼 다가와 그에게 물건을 팔았고, 우리는 다음 정거장에서 빠르게 내렸다.

"아들아, 넌 초능력자다."

아버지는 내 등을 토닥여 주었다.

"오늘 그 노인네 대박 났다고 생각할 거다. 수백만 원짜리를 삼만 원에 꿰찼으니 말이다."

나는 그때 반박하고 싶은 듯도 했다. 대박도 뭣도 아니라고. 아버지는 팔을 들어 팔목에 찬 금딱지를 햇빛에 비춰 보였는데, 나는 금딱지 둘레에 햇무리가 어리는 걸 눈부시게 바라보았다. 그 햇무리는 최면에 걸리기에 모자람이 없었다.

"너도 살다 보면 한 번쯤은 이거다 싶을 때가 올 거다. 그땐 망설이지 말고 잡거라. 기다리는 자에게는 반드시 보상이 있어. 인생은 지루한 게임이거든."

그날 아버지는 멋져 보였다. 사고가 일어나기 전까지는. 그 사고는 우리가 앞 정거장까지 걸어가는 도중에 일어났다. 시계를 보면서 버스에서 내리던 그 늙수그레한 이가 오토바이에 치이는 장면을 보지만 않았다면 나는 그날의 아버지 모습을 아름답게

간직하고 있었을 것이다.

"아버진?"

정한수가 물었다.

"라스베가스에."

아버지의 유언대로 나는 그렇게 말했다.

"흠, 야바위꾼의 종착지론 죽여주는 곳이지."

나는 정한수가 아버지의 꿈을 어떻게 알았을까 의아했다. 아버지는 라스베이거스를 한방, 대박, 잭팟의 세 가지 소망을 현실화할 수 있는 꿈의 도시로 여겼다. 나이 든 사람을 등쳐먹은 일로 동네에서 멱살잡이를 당할 때마다 아버지는 외쳤다.

"인생은 한방이야."

영어라고는 오케이와 땡큐, 나이스밖에 모르는 그는 비행기 표를 사기 위해 기꺼이 라면으로 세끼를 먹었다. 그러나 그 비행기표 값은 병원비로 날아가고 말았다. 위암 말기 판정을 받은 아버지는 딱

한 달을 병원에 있었다. 아마도 그 한 달이 그의 인생에서 가장 편안하고 행복한 세끼 밥상을 받아본 것일지도 모른다.

"남자가 한 번 내뱉은 말은 꼭 지켜야 한다잉. 그니까 난 라스베가스에 간 거야. 쪽팔리잖아."

장례식에 초대받은 사람이 없었으므로 아버지의 소원대로 쪽팔릴 일은 생기지 않았다. 내가 고등학교를 막 졸업할 무렵이었는데 나는 그길로 초등학교 앞 작은 분식점에서 라면을 끓이기 시작했다.

"이거 우리 할아버지 유품인 거 너 알지."

정한수가 훅 치고 들어왔다.

"그 글쎄. 명품으로 보이는데."

나는 얼버무렸다.

"응급실에 달려갔을 때 할아버지 손목에 시계가 번쩍이고 있더라고. 사고가 시계 탓도 있다는 목격자들의 증언이 있어서 그런지 기분이 요상스러웠지. 생전 모습과는 전혀 어울리지 않는 낯선 물건이었지만 그렇다고 낯설지도 않았거든. 내가 봤어. 너랑 아버지랑 버스에서 하던 일을."

갑자기 얼굴이 화끈거려왔다. 정한수가 할아버지 장례를 치르고 학교에 온 날 그는 나를 잡아 죽일 듯 노려보았다. 그때 중절모의 늙수그레한 이가 정한수와 관계가 있다는 걸 즉감했지만 나는 그의 눈을 피해 도망 다니는 쪽을 택했다. 그렇다면 지금은 그때와 다르게 툭 까놓고 말할 자신이 있나, 하고 스스로에게 질문해 보지만 나는 안전한 쪽을 택하기로 했다.

"우리 아버지가 판 거란 증거라도 있나?"

"흐흐, 네 눈이 증거였지. 날 자꾸 피했거등. 도둑이 제 발 저린다고나 할까. 내가 널 째려보면 왜 글케 보냐고 따졌냐 어쨌냐? 내 기억으로는 고양이 앞에 쥐처럼 발발 떨었던 것 같은데."

유리잔에 비시시 웃고 있는 정한수의 얼굴이 얼핏 비쳤다. 나는 유리잔 안에 든 반쯤 녹은 얼음을 녹여 버릴 듯 노려보았다. 아버지는 일부러라도 먼 동네로 출근했지만 정한수를 맞닥뜨린 재수 없는 날

이후로 나는 버스를 타지 않으려고 떼를 썼다. 아버지에게 진창 두들겨 맞으면서도 버텼다. 그렇지만 가끔, 아주 가끔은 버스를 타러 가야 했다. 허탕 치는 날이 많으면 더는 버텨낼 수 없었다. 초능력자도 배는 고팠으니까. 정한수는 풀어놓은 시계를 다시 손목으로 가져가 때그락 채웠다.

"사실 사고가 시계 때문이라고 할 순 없지. 시계에 정신줄을 놓은 할아버지 탓이고, 버스를 정류장에서 멀찍이 세운 기사놈 탓이고, 그 죽일 놈의 개새끼 오토바이 탓이지."

순간 나는 고개를 크게 끄덕였다. 아버지는 사고 현장을 구경하면서 자신에게 다짐하듯 내게 내뱉었다. 너도 정신 똑바로 차리고 살아라잉! 나는 무서웠다. 그 늙수그레한 이의 피 묻은 시계를 보고도 죽음을 대수롭지 않게 여기는 아버지가 큰 대가를 치를 것 같아 한동안 노심초사해야 했다. 정한수를 피해 다녔다면 그것이 이유였을 것이다. 나는 급작스럽게 피곤해졌다.

"진짜 하고 싶은 말이 뭔데? 전화번호는 어떻게 알고."

나는 정한수를 노려보았다. 그는 시계를 넌지시 내려다보면서 말했다.

"관심만 있다면 뭔들 어렵겠냐. 근데 우리 점심은 언제 먹냐?"

그가 배시시 웃으며 쳐다보았다.

"라면이라도 먹을래?"

"라면, 좋지."

나는 뭉그적거리며 일어나 부엌으로 갔다. 작은 양은 냄비에 물을 붓고 가스레인지에 올렸다. 물이 끓기 시작하면 신김치와 수프를 넣고, 한소끔 끓인 후에 면을 넣어 3분을 끓이면 호불호 없는 라면 요리가 된다. 나는 한 개 남은 달걀을 기꺼이 넣어주기로 했고, 깍두기 한 접시를 곁들여 냄비 채로 갖다주었다. 정한수는 거실에서 대접받는 걸 당연하게 여기는 듯했다. 후루룩 면치기를 하며 아주 달게 먹었다. 그는 고개를 냄비에 처박고 연거푸 맛있다고 외쳤다. 그의 과한 반응에 나는 기분이 좋아졌다. 여진이는 어느 날부터 라면을 먹지 않았다. 자고 일어났을 때 눈이 퉁퉁 붓는다는 이유로. 치킨에 맥주 대신 콜라를 먹는 이유도 붓기에 대한 염려 때문이었다. 외까풀에 작은 눈이 불만이었던 여진이는 2백만 원짜리 적금이 만기 되던 날 냉큼 쌍꺼풀 수술을 받고 왔다. 그녀의 눈 사랑은 지나쳐서 수시로 냉찜질을 했고, 붓기가 조금이라도 있으면 아예 쿨링안대를 쓰고 잤다. 돌이켜보면 그녀와 소원해진 시작이 그녀가 라면을 멀리하면서부터였다는 생각이 들었다. 그것이 가게 휴업 시점과 맞물려 종일 붙어 있게 되면서 다툼도 어지간히 치열했다.

"그래도 라면 끓여서 돈 좀 벌었나 봐. 방 두 개짜리 빌라에 사는 거 보면."

그가 휴지로 입가를 닦으며 말했다.

"내가 장사를 몇 년 했는데. 코 묻은 돈은 경기가 덜 타니깐."

"그렇군. 그런데 그 코 묻은 돈을 언제까지 만지

고 살고 잡냐?"

정한수가 내 눈을 똑바로 응시했다.

"앞으로 좋은 일이 생길 테니까 기대해."

뭔지 모를 일을 같이하자고, 그가 권유하고 있었다.

"글쎄다. 라면만 끓이며 살았는데, 좀 갑작스럽네."

"가게도 개점 휴업상태라며. 코로나가 언제 끝날지도 모르는데 마냥 기다리며 살겨?"

나는 삼선슬리퍼 대신 몰캉한 양가죽 로퍼를 신은 나를 상상해 보았다. 여진이는 어떻게 생각할까. 나일론 체육복을 벗어버린 세미 정장 차림의 나를 본다면 멋지다고 하지 않을까? C컬로 바람머리 파마를 한 화이트칼라의 남자라면 다시 만나줄지도 모르지 않나. 나는 괜스레 흥분되었다.

정한수는 분홍 칫솔로 양치를 하고 있었다. 혓바닥까지 닦아내는 모양이 거리낌이라고는 없어 보였다. 목욕탕을 나오는 그에게서 여진이의 장미향이 났다.

"여친은 어쩌고."

"어, 며칠 집에 다녀온다고."

"나다니는 거 조심시켜. 확진자라도 만나고 와봐라. 너도 자가격리야. 그럼 우리 일도 물 건너가는 거라고."

헛웃음이 났다. 정한수는 벌써 동업자처럼 굴었다. 나는 어이가 없어 물었다.

"넌 다녀도 괜찮고?"

정한수는 걱정 없다는 듯 두 팔을 올렸다 내렸다. 나는 그냥 이불 속으로 들어가고 싶었다. 여친이고 동창이고 다 귀찮아졌다.

"일 문제는 생각해 볼게. 나 좀 피곤해서 말인데…."

나는 그가 눈치껏 가주기를 바랐다.

"나 신경 쓰지 말고 편하게 쉬어. 전화를 기다려야 해서 말이야. 조용한 데서 해야 하거등."

정한수는 은색 나사 트렁크를 작은방으로 가지고 들어가더니 체육복으로 갈아입었다. 그러고는 트렁크에서 물건들을 몽땅 끄집어내어 트렁크 위에다 다시 정리했다. '이 로렉스'를 중앙 경계로 겉옷과 속옷들을 나누어 배치하는 그의 굼뜬 행동을 나는 조바심치며 바라보고 있었다. 아기 상어가 프린트된 쿠션과 담요를 바닥에 깔고 누웠을 때 더는 참을 수 없었다.

"지금 뭐 하는 거야?"

"아, 좀 피곤하네. 어제 기안서 만드느라 밤을 새웠거든."

그의 손에 제법 두툼한 서류뭉치가 들려 있었다. 국토부의 전국 토지개발계획안을 정리해 놓은 것이라며 장차 거액이 될 거라고 그는 확신했다. 분명 솔깃한 이야기였음에도 나는 시큰둥하게 굴었다.

"설마."

정한수는 약간 안달이 나서 확실한 정보가 있다며 꼬드겼다. 나는 머릿속이 뒤죽박죽되어 소파에 길게 누워버렸다. 그러다 잠이 든 것 같은데 라면 냄새에 일어났다. 휘영청 달이 떠 있었다.

정한수가 막 끓인 라면을 냄비 받침대에 얹어 거실

탁자로 가져왔다. 나는 멀뚱히 그를 보다가 냄비를 보다가 그의 입으로 들어가는 라면 사리를 보다가 침을 꼴깍 삼켰다. 결국 한 젓가락을 얻어먹고야 말았고, 즉석밥을 하나 데워 남은 국물에 말아 먹었다.

"역시 밥을 먹어야 먹은 것 같다니깐."

정한수는 행복한 표정을 지었다. 나는 여전히 공복감이 느껴져서 고기가 생각났다. 여진이는 내가 자주 비실거리는 이유를 라면 탓으로 돌리며 일주일에 두 번은 치킨을 시켰다. 그런 날 나는 고기 힘을 빌려 섹스를 했고, 여진이는 자신을 좀 더 짐승처럼 다뤄 주기를 원했다. 여진이가 떠난 이유가 정말 라면 때문이라면 진즉에 라면을 끊었어야 옳았다. 그러나 라면 냄새는 섹스보다 강했다.

정한수는 다시 분홍 칫솔로 이를 닦고 나왔다. 안락의자에 앉아 뉴스를 시청했고 유튜브로 부동산에 관한 정보를 얻었다. 나는 2인용 소파에 다리를 벌리고 앉아서 듣는 시늉을 하다가 졸다가 결국 길게 누웠다. 우리는 각자의 자리에서 말없이 하고 싶은 일을 했다. 다음날도 그다음 날도 우리는 뉴스를 켜 놓고 라면을 끓여 먹었다. 나는 바깥세상 소식에 슬슬 염증이 나기 시작했고 따분하게 지켜보았다. 정한수에게서도 긴장한 기색은 느껴지지 않았다. 내가 하품을 하면 그도 따라 했고, 그가 누우면 나도 누웠다.

화면 속에 비치는 지구촌은 여전히 미쳐 돌아가고 있었다. 그 돌아가는 모양새가 코로나바이러스 외피처럼 꺼질 줄 모르는 활화산 같았다. 방송사들은 여전히 각국의 상황을 실시간으로 중계했다. 코로나는 지구촌은 하나라는 개념을 확실하게 인지시켰다. 의식이 없는 이 입자들은 인간이 그어놓은 국경을 경계 없이 돌아다녔다. 인종이나 문화나 종교를 구분하지도 않았다. 그러나 아주 평등하지도 않아서 빈한한 자들이 받는 고통은 혹독했다. 사회적 거리 두기의 단계가 올라가면 분식집 같은 소상공인의 처지는 더 처참해졌다. 나는 무려 1년 반을 버티는 중이었다. 코스트코의 텅 빈 진열대와 화장장에 쌓여가는 시체들을 교차해 보여주면서 전염병의 공포를 극대화했던 방송사는 이제 백신의 위험성을 알리는 데 초점을 맞추는 듯했다. 게다가 수량이 확보된 것도 아니어서 언제부터 맞을 수 있을지도 불확실해서 불안을 가중시켰다. 방송사는 불안을 부추겨야 그들의 존재가치가 높아진다고 생각하는 모양이었다. 문득 버드나무꽃 알레르기가 있는 여진이가 걱정되었다. 그녀에게서는 여전히 아무런 소식이 없었다. 나는 그녀에게 몸조심하라는 당부의 문자를 보내고 답문해 주기를 간절히 기다렸다.

정부가 수도권에 사회적 거리두기를 상향 조절한다는 뉴스 진행자의 목소리가 얄미울 정도로 차분했다.

"어쩌냐."

정한수가 걱정했다.

"그러게."

월세 입금 날짜가 다가오고 있었다.

"코 묻은 돈은 이제 잊어버려. 나만 믿어."

그는 당분간 재택근무를 할 것이라며 엑셀 문서에 빼곡하게 적힌 전화번호부를 건넸다.

"거리두기다 뭐다 해서 외출이 쉽지 않잖냐. 그러니 돈 많은 사람들이 투자처 찾기에 애로가 많단 말이지. 얼마나 답답하겠어. 우리는 전화상으로 그들에게 정부의 토지투자계획을 알려주고 좀 더 부자가 되도록 조력자가 되어주는 일을 하려는 거야. 일종의 전화 컨설턴트인 셈이지. 한 건만 성사시켜도 콩고물이 얼만지 아냐? 자그마치 20프로야."

정한수는 나를 더 이상 다그치지 않았다. 작은 방에 들어가 온종일 전화를 걸었고 전화번호 각 비고란에 여러 가지 기호로 표시를 해두었다. 0, ×, 1, 2, C 등 자기식의 암호를 긁적여 놓았는데 그런 과정이 꽤 진정성 있어 보였다. 일하는 남자의 모습이 가장 섹시하다고 여진이가 말했는데 공감이 되려고 했다. 아기 상어 담요가 깔린 작은방은 그와 딱 어울렸고, 재택근무지로 손색이 없었다. 나는 방문 옆에서 그의 영업 비밀을 은근슬쩍 염탐하기도 했다.

그의 세련된 전화 예절을 배우기 위해 끼니마다 라면을 끓여 바쳤고, 달걀노른자를 기꺼이 양보했다. 나는 마침내 대박은 우연히 찾아온다는 아버지 말을 기억해내곤 그 기회를 잡기로 결심했다.

"여보세요. 골드 부동산컨설턴트입니다. 좋은 토지가 나와서 전화드렸습니다. 잠시 시간 내주시면…."

뚜뚜뚜. 관심 없습니다. 너나 사. 야이 개새끼야. 너 확진자지. 확! 쓸 돈 없습니다. 같은 말에도 어찌나 다채롭게 대응하는지, 다양한 개성을 가진 사람들의 비위를 도저히 맞출 수가 없었다. 나의 뇌는 웅덩이에 빠진 파리처럼 한자리에서 맴맴 돌았다. 내가 고군분투하는 동안 정한수의 비고란에는 동그라미표가 한두 개씩 그려지고 있었다. 나는 무시로 시무룩해졌다가 또 질투가 생겼다가 종국에는 욕망이라는 놈이 고개를 치켜들었다. 그러다 그가 하루에 세 건씩이나 계약을 성사시키는 걸 보고 내 참을성은 한계에 도달하고 말았다. 사실 그가 준 건 딸랑 전화번호부 하나였을 뿐이다. 동업자라면 그래서는 안 되는 거였다. 그동안 그에게 바친 정성이 억울했다. 점심을 보이콧하기로 했다.

나는 2인용 소파 팔걸이에 다리를 늘어뜨리고 누웠다. 천장에 국토개발계획 지도가 커다랗게 그려졌다. 새로 건설될 고속도로와 철도 노선이 거미줄처럼 연결된 지도는 밤하늘의 별자리처럼 촘촘했다. 아득했다. 저 방향조차 알 수 없는 지도의 어디쯤에 땅 한 평이라도 가질 수 있을까. 눈을 감았다. 소시민에게 그건 신기루일 뿐이다. 평생 한방, 대박, 잭팟을 쫓았던 아버지의 삶을 돌아봐도 입증된 사실이다.

부엌에서 라면 냄새가 건너오더니 정한수가 라면 냄비를 탁자 위에 내려놓았다. 그는 내 앞에 젓가락을 가지런히 놓아주면서 빙그레 웃어 보였다.

"개새끼!"

와락, 그의 멱살을 잡았다.

"야야, 라면 쏟아져어."

그의 여유만만한 태도가 사람 꼴을 더 우습게 만

들었다.

"넌 여태 라면만 끓였냐? 내가 하루에 100통이 넘는 전화를 하는데 사람 꼬시는 비법 정도는 배웠어야지."

"그니깐, 그런 걸 공유해얄 거 아냐."

나는 그가 영업 비법을 하나라도 알려주길 기다렸다.

"어쩌냐. 내 뇌 속에 빌트인 된 거라서 고것만 달랑 들어낼 수가 없네. 사람 마음 사는 건 말로 표현할 수 있는 게 아니거등. 굳이 표현하자면 경험과 직감, 이 두 가지를 꼽을 수 있는데 이것도 오랜 수련 기간이 필요한 거라서… 좋아, 한 가지만 알려주지. 상대방 목소리를 들었을 때 딱 감이 오는 사람이 있거등. 그 사람을 집중 공략하면 50프로는 넘어오지."

경험과 직감, 집중 공략. 그의 영업 비법은 모호하기 짝이 없었다. 그 직감이라는 것이 목소리의 느낌만으로 알게 되는 감각이 아니지 않나. 나의 초능력은 전화 영업에서는 전혀 발휘되지 못했다. 그것은 아버지의 일과는 전혀 다른 형태였고 몇 배는 어려운 일이었다. 둥글게 햇무리가 어리던 아버지의 금딱지 시계가 그립기까지 했다. 그래도 정한수의 조언이 영 쓸모없는 것은 아니었다. 나는 좀 더 열심히 전화 버튼을 눌렀고 몇 사람에게는 대여섯 번이나 공략하기도 했다. 그러나 별 성과 없이 비고란에 ×를 써넣는 일이 계속되었고, 속절없이 1주일을 흘려보냈다. 그즈음에 입안에 염증이 나기 시작했다. 구내염과 설염으로 더 이상 라면을 삼킬 수 없게 되자 신경이 날카로워졌고, 마침내는 이 새로운 일에 싫증이 나서 죽을 지경이 되었다. 나는 거실 창밖으로 약국으로 들어가는 마스크 쓴 사람들을 물끄러미 내려다보았다. 우리 모두 지루한 싸움을 하고 있었다.

"힘들지?"

정한수가 팔짱을 끼고 밖을 내다보고 있었다. 나는 멍때리는 시간까지 방해하는 그가 귀찮아졌다. 그동안 한가롭게 뭘 하지 못한 것 같았다. 살림에 전혀 보탬이 안 되는 그가 어서 떠나주길 바랐지만, 그의 롤렉스시계를 보면 입이 떨어지지 않았다.

"넌 아무래도 아닌 것 같다. 이 일은 끈기가 중요하거등. 하기야, 라면만 먹는데 끈기를 바랄 순 없지."

그는 내가 비실비실한 데다 끈기까지 없다고 말하고 싶은 것이겠지만 마침내 희망이 보이는 것 같았다.

"그러게. 아무래도 난 어렵겠어."

은색 나사 트렁크에 눈길을 돌리며 내가 말했다.

그는 고개를 끄덕였다. 나는 기쁜 내색을 하지 않았다.

"그래도 헌수 너 부자 되게는 해주고 가야지. 보니깐 라면도 몇 개 안 남았더라."

나는 부자라는 말에 퍼뜩 정신이 들었다. 그는 고맙게도 극비 투자계획을 알려주었다. 자기네 팀원들끼리만 하려던, 장차 개발 이익이 상당할 땅이라는 것이다. 개발 이익을 상상하는 일보다 구미가 당긴 건 내 형편에 딱 맞는 조건이었다.

"친구한테 입 싹 닦을 수가 있어야지. 그동안 월급도 못 줬잖아. 실적에 따라 수당이 나가는 거지만 그래도 고생했는데."

그의 입에서 처음으로 친구라는 말이 튀어나왔을 때 울컥했다. 입 닦지 않겠다는 그의 말이 왠지 믿음직스러웠다. 아버지의 말대로 대박은 우연찮게 오는 것이었다. 그가 구글 위성지도로 땅을 보여주었을 때 그걸 직감할 수 있었다. 나는 용케도 그 땅과 딱 맞는 금액의 적금을 털어 그에게 건넸다.

나는 평당 삼만 원 하는 자그마치 이백 평의 땅 주인이 되었다. 내 이름으로 된 토지등기부 등본을 받았을 때 곧장 아버지에게 다녀오고 싶었다.

"이게 토지개발만 시작하면 열 배는 오를 거야. 그런데 알지? 땅은 기다리는 게 미덕이라는 거."

그러면서 팔목에 찬 시계에 대해 언급했다.

"이게 진짜면 육백만 원인 거 알아?"

나는 그의 말을 멍하니 들었을 것이다. 내 머릿속에는 이백 평에 대한 건축설계도가 그려지고 있었으니까. 정한수는 코로나19가 종식되면 라스베이거스로 갈 거라며 그 도시에 어울리는 은색 나사 트렁크를 끌고 떠났다. 나는 현관에 덜렁 남겨진 삼선슬리퍼를 내려다보았다. 갑자기 외로움이 밀려들었다. 지루한 게임의 승자는 결국 버티는 자라던 아버지의 말이 떠올랐다.

"염려 마세요, 아버지."

나는 기다리는 일에는 누구보다 자신 있었다.

셰어하우스

양념치킨가스와 깍두기, 샐러드의 조합이 깔끔했다. 양희는 반찬이 많은 제품을 좋아하지 않았다. 가격 부담을 차치하고도 잡다하게 많은 반찬은 오히려 주요리의 맛을 떨어뜨리는 느낌이랄까, 김치 하나면 충분했다. 깍두기와 샐러드를 즉석밥 용기에 덜어놓고 도시락을 전자레인지에 2분 돌렸다. 달달하고 매콤한 치킨 소스 냄새가 풍겨 나왔다. 새로 출시된 제품이라 맛이 궁금했다. 오늘은 즉석 미역국까지 있다. 아침 8시에 교대하러 온 편의점 사장이 비닐봉지 하나를 슬며시 쥐여준 것이다. 생일날에 굶으면 평생 굶는다면서.

　미역국에 뜨거운 물을 부었다. 어떻게 알았을까, 양희는 체력이 받쳐주는 한 계속 야간 일을 봐줄 생각이 들었다. 국에 밥을 말아 한술 가득 떠서 입에 넣었다. 식감이 제법 부드러웠다. 고개를 끄덕이며 치킨을 한입 베어 물었다. 바삭하길 기대하진 않았지만 튀김옷에 소스가 완전히 배어들었다. 그래도 냉장 진열장에서 이틀을 보낸 튀김치고는 먹을 만했다.

　편의점 도시락은 양희가 편의점 야간 일을 하는 이유 중 하나다. 유효기간 하루를 남긴 도시락을 어떤 날은 반값 떨이로, 사장의 기분에 따라서 거저 얻어가는 날도 있었다. 양희는 먹는 행위를 생명 유지를 위한 기본요소 중 하나일 뿐, 요리하는 일을 시간 낭비로 여겼다. 편의점에 가면 갖가지 도시락이 있다는 사실을 알았을 때 환호했고 대번에 사랑에 빠졌다. 먹지 않고 살 수는 없으니 요리하지 않고 사는 방법을 기꺼이 택한 것이다.

거실 창문 너머로 언뜻 사일런트가 보였다. 양희는 치킨의 튀김옷을 걷어내고 고기 살점만 골라내어 즉석밥 용기에 담았다. 즉석밥 용기는 여러모로 쓸모가 많았다. 먹고 남은 음식을 냉동 보관할 때는 물론이고 반찬을 덜어 먹을 때, 전자레인지에 음식을 데워 먹을 때, 과자통으로, 머리핀이나 고무줄을 담는 용도로, 그러다 과감히 분리수거장으로 보내면 그만인 부담 없는 용기였다. 그래서 즉석밥을 먹고 나면 깨끗이 씻어 전자레인지 옆에 포개어 두었는데 언젠가부터 셰어하우스에 사는 세입자들에게 나름의 규칙이 되었다. 사일런트는 창틀에 웅크리고 앉아 입맛을 다시고 있었다. 양희는 치킨 그릇과 물그릇을 나란히 창틀에 올려두고 멀찌감치 떨어져 앉았다. 덤불에서 굴렀는지 까만 털에 지푸라기가 엉겨붙어 있었다. 비쩍 마른 녀석치고 가슴 근육이 제법 실했다. 사일런트는 치킨을 한입에 삼키고는 뒤도 돌아보지 않고 폴짝 사라졌다.

"싸가지."

아침밥을 나눠 먹은 지 한 달이 되어가지만 곁을 안 주는 것이 옥분과 똑 닮았다. 숨겨 놓은 딸이 자신의 가정에 피해를 줄까 봐 전전긍긍하던 옥분을 볼 때면 측은했다. 양희가 직접 전화한 적이 있었는데 할머니의 임종을 앞두고서였다.

"할머니가 할 말이 있으시대요. 의사 선생님이 마음의 준비를 하라고 해서."

"알았다. 병원이 어디니?"

옥분이 도착했을 때는 할머니가 눈을 감은 후였다. 영정사진 앞에서 덤덤한 표정으로 묵념하더니 양희에게 흰 봉투를 건네고 돌아섰다. 그것이 옥분을 낳았고 옥분의 딸을 친자식으로 키워준 분에 대한 마지막 인사였다. 옥분의 인사법은 항상 무례했다. 몇 해 걸러 잊을 만할 때쯤 불쑥 와서는 흰 봉투를 놓고 갔는데 신발 한 번 벗고 들어오는 법이 없었다.

"밥이나 한술 뜨고 가면 발병이라도 난다니? 싸가지없는 년."

할머니는 냅다 소리는 지르지만 이내 어린아이 다루듯 어르고 달랬다.

"내달에 양희 생일 때도 꼭 와야? 하나밖에 없는 니 동생이잖여."

양희는 할머니가 그럴 때마다 가슴에 안티푸라민을 발랐다. 양희는 초경을 시작한 열한 살 무렵에야 옥분이가 언니가 아니라 엄마라는 사실을 알았다. 할머니는 시름겨운 손놀림으로 서랍 깊숙이 묻어둔 색이 바랜 빨간색 월경 팬티를 찾아내어 주었다. 그때 양희는 그것이 옥분의 것임을 직감했다.

"어째쓰까. 초경하는 것도 네 어미를 닮았냐. 벌써부텀 남자 단도리를 시켜야 되든 힘들어 우짜나."

이후 양희는 옥분을 아줌마라고 불렀다. 할머니는 이유를 묻지 않았다. 그것이 긍정의 표현이라는 걸 모를 리 없었다. 양희에게 가슴앓이 병이 생긴 건 그즈음이었다. 갑자기 가슴이 아프고 멍울이 잡혔다.

할머니는 안티푸라민을 발라주며 성조숙증을 염려했지만 양희는 증오 때문에 생긴 병으로 알았다.

양희는 창턱에 기대어 거실을 둘러봤다. 40인치 TV를 중심으로 4인용 인조가죽 소파와 원목 탁자, 적정 하중이 50킬로그램 남짓 될 이케아 흔들의자가 두 개 있고, 사이드 탁자 위에 복고풍의 티파니 램프가 놓여 있다. 붉은 비단 갓을 씌운 티파니 램프는 소박한 집 분위기와 엇박자로 놀았지만 나름 무드등 역할을 했다. 세입자들은 거실에서 가끔 맥주파티를 하며 서로 교류하는 장소로 이용했다. 엊저녁에는 누가 라면파티를 했는지 탁자 위에 라면컵과 맥주캔이 놓여 있었다.

"하아, 이 사람들 뇌 속엔 치우는 영역은 없나 봐."

재빠르게 스티로폼컵과 캔을 씻어서 분리수거 통에 넣었다. 양희가 원하는 건 지극히 단순한 것이었다.

원래대로, 제자리에, 원상복귀.

양희가 이 집의 스텝이 된 건 집주인의 권유 때문이었다. 우연히 목욕탕 청소를 하는 양희를 보고는 "어쩜, 세입자가 이렇게 집을 사랑해주면 얼마나 좋아."하면서 제안했다.

"자기, 스텝 해라. 월세 반으로 깎아줄게."

작은 정원이 딸린 단독주택을 개조해 셰어하우스로 운영하는 여주인은 천안에서 서울로 주 5일을 출퇴근했는데 도로 사정이 최악인 월요일이면 거의 초주검이 되어 돌아갔다. 출근길에서부터 시달림을 받은 여주인은 일단 소파에 드러눕고 난 다음에야 청소를 시작할 수 있었다. 주말에 어지럽혀 놓은 거실을 정리하고 공동목욕탕을 청소하고 정원을 가꾸는 일이 혼자 감당하기엔 벅차 보였다.

그 제안은 양희 입장에서도 바라는 바였다. 시장 난전에서 장사하는 할머니를 대신해 집안일을 도맡아 했으니 청소만큼은 자신 있었다. 원래대로, 제자리에, 원상복귀. 얼마나 산뜻한 언어들인가. 양희에게 청소는 안도감을 주는 행위였으니 마다할 이유가 없었다.

목욕탕 딸린 큰방은 역시나 굳게 닫혀 있었다. 미대 다니는 여자는 자기 방 열쇠를 꼭 가지고 다녔다. 자신의 작품집 디자인을 도용당한 일이 있었다는 게 이유였으나, 양희는 그녀가 수집하는 명품 가방에 대한 불안 때문일 거라고 짐작했다. 일 년을 보아왔지만 작품집은커녕 책 한 권 들고 다니는 걸 보지 못했으므로. 거실을 지나 공동목욕탕을 지나면 작은방 1이 있고, 작은방 2가 양희 방이다. 계단을 올라가면 방 하나가 더 있었다. 양희는 잠을 좀 자야겠다고 생각하고 곧장 작은방 2로 들어갔다. 하루 정도는 자신을 대접하고 싶었다. 밤낮이 바뀐 생활도 일 년이 되어가고 있었다. 편의점 야간 아르바이트는 평일 낮에 조용히 웹툰 작업을 할 수 있다는 이점으로 시작한 일이었다.

양희는 전신 거울 앞에 섰다. 눈그늘이 우울하게 내려앉은 막 서른을 넘긴 여자가 나타났다. 새벽공기를 마신 몸은 버석거렸고 온기라곤 느껴지지 않았다. 손바닥을 비벼 눈에 댔다. 한 번, 두 번, 묵직하게 누르자 차츰 눈꺼풀이 따뜻해져 왔다. 침대에 몸을 던져 길게 누웠다. 쉽게 잠이 올 것 같지 않았다. 생일이니까. 서른이 된 기분을 어떤 말로 표현할 수 있을까. 원숙, 관능, 섹스 같은 원초적인 단어들을 떠올리다 피식 웃었다. 그런 것들은 A컵 브래지어를 하는 여자에게는 전혀 어울리지 않는 옷 같았다. 양희의 가슴에 젖멍울이 생기기 시작하자 할머니는 가슴에 압박붕대를 감아줬다. 할머니의 바람대로 양희는 매력 없는 가슴을 가진 여자가 되었다. C컵의 여자들이 떠올랐다. 올림머리의 여주인이, 큰방의 미대 여자가, 이 층 방의 댄서가. 그들의 공통점은 가슴을 내밀며 걷는 걸음걸이다. 그리고 열두 시만 되면 컵라면과 삼각김밥을 먹고 가는 교복 입은 여학생, 그녀도 교복 단추가 터질 것 같은 C컵이었다. 그녀는 식사 후 꼭 담배 한 갑을 구매했다.

잠이 휘몰아쳐서 깊은 잠을 잔 모양이었다. 양희는

전화벨이 한참 동안 울리고 나서야 잠에서 풀려나 떫은 목소리로 전화를 받았다.

"여보세요."

응답 없이 숨소리만 들렸다. 전화기에 뜬 발신 번호는 연락처에 등록되지 않은 번호였다. 양희는 수신 차단을 하려다가 그만두었다.

*

여주인에게서 전화가 온 건 양희가 콘티를 짜고 있을 때였다. 작은방 1에 대해 신경을 좀 써달라고 부탁했다. 빈방은 곧 수입과 연관되는 일이어서 집주인으로선 다급할 수 있었다. 그렇더라도 여주인은 심하게 엄살을 떨었다.

"큰일이다. 벌써 2주가 넘은 거 알아. 나 요즘 잠도 못 자잖아. 부동산만 믿고 기다리면 안 되겠어. 자기야, 우리 대문에 하나 붙이자. 옛날엔 다들 그렇게 했거든. 글자는 초록색으로 하고, 그림도 멋진 걸로 하나 그려 넣고. 자기 웹툰 작가니깐 식은 죽 먹기 일거야. 그치? 자기만 믿어."

자기야, 라는 호칭에 닭살이 올라왔다. 게다가 데뷔도 못 한 습작생에게 꼬박꼬박 작가라는 호칭을 붙여주는 여주인의 찰진 언어 구사가 부담스러웠다. 편안하게 받아들일 수 있는 날이 언제쯤이나 올지, 울컥 설움이 올라왔다.

'빈방 있음. 셰어하우스 쉼'

글자 아래에 여주인의 핸드폰 번호를 적어넣고는 멋진 그림에 대해 생각하다가 올림머리를 한 C컵의 여인을 그려 넣었다. 그건 누가 봐도 여주인의 캐리커처였다.

대문 한가운데에 광고지를 붙였다. 테이프 선이 보이지 않도록 양면테이프로 처리했다. 방문자에게 정갈하다는 인상을 주고 싶었다. 새로운 세입자를 들이는 문제는 양희에게도 민감한 사안이었다. 여주인은 새로운 세입자가 월세를 제때 낼 수 있을지

없을지, 방을 깔끔하게 쓸지 어떨지, 괴팍하거나 까탈스러운 성격인지 아닌지를 요모조모 관찰해 주길 원했다. 최종결정권은 여주인에게 있었지만 양희의 의견을 듣길 원했다. 양희는 여주인이 원하는 최상의 스텝이란 좋은 세입자를 선별할 줄 아는 사람이 아닐까 생각했다. 자기 믿어,라는 말은 신뢰한다는 뜻이다. 그래서 퇴실자가 생기면 부담감과 함께 책임감을 느꼈다.

잠시 정원을 거닐었다. 해거름이 지기 전 정원을 걷는 시간이 유일한 휴식이었다. 구름 뒤편에서 새어 나오는 부챗살빛이 얼굴을 부드럽게 어루만졌다. 햇볕은 인정미가 넘친다. 그녀는 따사로운 기운에 흠뻑 젖어 들었다. 원룸에서는 결코 느껴보지 못했던 감정이었다. 사일런트가 나무수국 뒤로 숨어들었다. 양희는 나무수국을 사이에 두고 앉았다. 사일런트와 눈이 마주쳤다.

"사일런트."

반응이 없다. 무어라 꼬집을 수 없는 서운한 감정

이 일어났다. 동물체를 만지면 어떤 느낌일지 늘 궁금했다. 애완동물이든 가축이든 키운 적이 없었으므로. 교문 앞에서 팔던 병아리를 거리낌 없이 사가던 친구들이 부러웠다. 그때는 자신이 없었다. 할머니에게 조르는 일도, 노란색의 털뭉치를 만지는 일도. 너무 연약해서 만지면 부러질 것만 같았다. 부드럽고 따뜻한 촉감일 거라고 짐작만 했다. 양희는 야옹 소리를 내려다가 그만두었다. 나무수국이 바람에 흔들렸다. 수국은 이제 분홍빛을 띠고 있었다. 한여름에 하얀 꽃을 피우더니 점차 노란색으로 또 연둣빛으로 변하다가 선선한 바람이 불면서 분홍빛으로 변해갔다. 눈 오던 날 꿋꿋하게 달려 있던 하얀 꽃송이가 떠올랐다. 쓸쓸한 할머니 집과는 어울리지 않았던 화사한 생명체였다. 기온에 반응하는 카멜레온 같은 예민함은 무디고 건조하게 살아온 양희에게는 잡을 수 없는 별 같은 감성이었다.

*

"언니, 쉐어하우스에 살아요?"

교복 입은 여학생이 컵라면과 삼각김밥을 계산대에 올려놓으며 물었다. 연극에 빠져 대학교 1학년 때 휴학을 했다는 단골손님 조은경이었다.

"그런데?"

"그 집에서 나오는 걸 봤거든요."

그래서 어쩌라는 건지, 양희는 계산을 하고 나무 젓가락을 건넸다.

"언니랑 한집에서 살지도 몰라요."

누구 마음대로 언니래, 양희는 말을 삼켰다. 은경은 내처 담배 한 갑을 주문했다. 양희는 화가 치밀어 올랐다.

"고등학생도 아니면서 교복은 왜 입고 다니는 건데? CCTV에 다 찍히거든. 사장님한테 해명하느라 애먹었다구."

"그래요? 그럼 이러면 되겠네."

그녀는 주민등록증을 꺼내 CCTV 쪽으로 들이대더니 "나 98년생이에요." 하고 외쳤다. 양희는 은경의 거침없는 행동이 처음부터 거슬렸다. 누구 마음대로 들어온대, 양희는 대놓고 불쾌한 표정을 지었다. 그러나 다음날 은경이 트렁크 두 개를 밀고 들어왔고, 그때 나쁜 예감도 함께 밀려 들어왔다. 양희는 그런 부정적인 느낌을 일종의 선제적 방어라고 생각하려고 했다. 나쁜 상황이 닥치면 본능적으로 자신을 지키려고 하니까.

은경은 짧은 교복 치마를 펄럭이면서 찡긋 윙크했다. 전화로 계약을 끝냈다는 거였다. 여주인에게 확인 전화를 걸자 계약이 속전속결로 이루어졌다는 걸 알았다. 스텝이 가져야 할 선구안 같은 건 필요 없었다.

"양희 씨, 자기 의견을 못 물어봤네. 자기 안다는 말에 오케이 했지 뭐야. 바로 계좌로 입금한 거 있지. 성격이 아주 깔끔한 것 같아. 작가 선생이 규칙 좀 알려주고, 수고해."

양희는 자신에 대해 어떤 이야기가 오갔는지 궁금했다.

"날 안다고 했니?"

"네, 그냥 사실대로."

사실대로 뭘, 날 얼마나 알아서. 그 모호한 화법에 가슴이 답답해 왔다. 양희는 감정을 억누르고 종이 한 장을 건넸다.

"이거 읽어보고 사인해."

"지금은 곤란해요. 오디션 보러 가야 해서. 나중에 천천히 괜찮죠, 언니?"

"바빠도 규칙 한 가지는 알고 가. 집안에서 담배는 안 돼. 절대."

은경은 "그래요."하면서 트렁크를 현관 안으로 밀어 넣고는 나가버렸다. 양희는 '그래요'에 대한 해석에 빠져들었다. 이미 알고 있다는 건지, 금시초문이라는 건지, 은경의 알 수 없는 화법이 속을 뒤틀리게 했다. 양희는 편의점에 출근해서도 서명 건에 대해 마음이 쓰였다. 삼진 아웃에 대해 이야기해야 했다고 자책했다. 12시가 다가오자 은근히 은경이 기다려지기까지 했다. 그러나 무슨 일인지 은경은 오지 않았다. 양희는 짐 정리 때문일 거라고 어림짐작했다.

트렁크는 방으로 들여놓은 듯했지만 실내는 산란한 분위기로 가득 차 있었다. 양희는 거실을 바라보며 망연자실했다. 텔레비전 모니터가 부엌을 향해 있었고, 나란히 있어야 할 흔들의자 하나가 부엌 식탁 옆에 떡하니 끼어 있었다. 식탁과 거실 탁자 위는 그야말로 카오스 상태였다. 시큼한 냄새와 함께 적치물이 넘치고 넘쳐서 폭발 직전인 월요일 아침 분리수거장을 그대로 옮겨놓은 듯했다. 컵라면과 삼각김밥을 먹은, 라면에 즉석밥을 말아 먹은, 즉석밥 그릇에 김치를 담아 먹은, 참치통조림을 안주로 맥주를 마신 증거품들이 적나라하게 나뒹굴고 있었다. 그리고 담배를 피운 증거도. 맥주캔에 꽁지를 박고 있는 꽁초에 은경의 루주가 묻어 있었다. 블랙 와인

색이었다.

양희가 원하는 건 지극히 단순한 것이었다. 양희는 원래대로, 제자리에, 원상복귀를 중얼거리며 몸을 움직였다. 세상에 청소만큼 산뜻한 일이 있을까. 식탁을 치우고 분리수거를 하고 거실 가구를 원래대로 돌려놓았다. 그러곤 잠시 흔들의자에 앉아 티파니 램프의 전원을 켰다. 따뜻한 기운이 거실 전체로 퍼져나갔다. 비로소 마음이 편안해졌다. 그러다 문득 작은방 2의 상황이 궁금해졌다. 벌떡 일어나 벌컥 방문을 열어젖혔다. 불길한 예감은 왜 빗나가지 않는지, 미세한 움직임이 있었던 게 분명했다. 양희는 틀린 그림 찾기를 하듯 방을 스캔하기 시작했다. 책장 선반에 올려놓은 애니 피규어들이 미세하게 움직여진, 누군가 손을 댄 정황들이 여럿 발견되었다. 위치가 바뀐 건 아니지만 살짝 기울어져 있거나 선에서 물러나 있거나 비뚤어져 있었다. 하나라도 없어졌다면 어디 한 군데라도 손상 난 아이가 있다면 셰어하우스를 뒤집어 놓을 터였다. 다행히 큰 문제는 없어 보였다.

누굴까? 대번에 은경이 떠올랐다. 큰방의 미대 학생이나 2층 방의 댄서가 의심스럽지는 않았다. 그동안 이런 일은 없었으니까. 양희는 은경을 대신해 여러 가지 변명거리를 찾아냈다. 처음이니까, 아직 규칙에 대해서 모르니까, 피규어 컬렉터일 수도 있으니까, 궁금했겠지. 그러면서 삼진 아웃에 대해 이야기해야 했다고 자책했다. 사인을 받아내야 하는데. 은경은 아직 셰어하우스 규칙 확인서에 서명하지 않은 상태였다.

양희는 작은방 1을 노크했다.

"이야기 좀 해."

부재를 느끼며 방문 손잡이를 돌렸으나 잠금 상태였다. 방문에 귀를 바짝 갖다 댔다. 숨소리는 아니더라도 코 고는 소리 정도는 들릴 거라 짐작했지만 그만 맥이 빠졌다. 아무래도 편의점에서 만나야 할 듯했다. 현재로선 시간이 서로 어긋나지 않기를 바랄 뿐이었다.

*

변기 물 내리는 소리가 들려왔고 곧이어 샤워 물소리와 헤어드라이어 소리가 번갈아 가며 귀속으로 흘러들어왔다. 양희는 아침 출근 시간에 발생하는 다양한 소음을 아스라이 빠져나가도록 내버려 뒀다. 그러면서도 옆방의 움직임에 신경을 곤두세우고 있었다. 은경은 아직 규칙 확인서에 서명하지 않고 있었다. 일주일이 지나도록 양희가 다니는 편의점에 오지 않았던 것이다. 서로 어긋나는 시간을 어떤 식으로든 맞출 필요가 있었다. 콩닥 콩닥 콩닥, 댄서가 계단을 내려오고 있었다. 그녀의 발걸음은 리드미컬하다. 쿵쿵쿵도 아니고 콩콩콩도 아닌 콩닥소리를 어떻게 낼 수 있는지 감탄스러웠다. 양희는 그녀가 탭댄스 전문 무용수가 아닐까 추측했다.

미대 학생도 나갈 채비를 끝낸 듯했다. 딸까닥하고 방문 걸어 잠그는 소리가 들렸다. 그녀는 당당한 걸음걸이로 현관까지 걸어간다. 양희가 퇴근할 때

마주칠라치면 그녀의 전신을 휘감고 있는 오데코롱 향이 코끝으로 날아들었다. 물안개처럼 은은한 그것은 사람의 경계를 무너뜨리면서 나른하게 만들었다. 그러면 양희는 6센티 하이힐을 신고 또각또각 걸어나가는 그녀를, C컵의 가슴선을, 멀끄러미 쳐다볼 뿐이었다. 양희는 색깔별로 진열된 그녀의 하이힐을 구경하는 재미로 신발장을 열어보곤 했다. 그건 스텝으로서 해야 하는, 낯선 사람이 드나든 흔적을 관찰하는 감시업무이기도 했다. 작은방 1에서는 아직 기척이 없었다. 작은 소리에도 재깍 일어날 터였지만 우선은 잠을 좀 자야겠다고 생각했다. 새로 시작한 웹툰의 주인공들이 머릿속에서 부유물처럼 떠다녔다.

이번 작품은 시나리오를 쓸 때부터 캐릭터의 개성에 초점을 맞췄다. 공모전에서 번번이 탈락한 이유가 밋밋한 캐릭터에 있었음을 깨닫게 된 건 늦었지만 다행이었다. 주제와 서사도 중요하지만 웹툰에서 장면을 돋보이게 하는 것은 캐릭터의 존재감이었다.

강렬한 캐릭터와 확실한 선악 구조가 필요했다. 이번엔 다를 거라는 자신감이 있었다. 컷 스케치 한 장면들을 하나씩 떠올려 봤다. 태블릿 PC에서 완성될 그림들을 상상하면 마음이 설렜다. 채색과 대사 삽입의 중요한 과정들이 남아 있었지만 자고 일어나면 바로 작업을 시작할 심산이었다. 이번만큼은 마감날에야 작품을 보내는 아마추어가 되고 싶지 않았다. 여전히 작은방 1은 조용했다. 양희는 깊은 잠 속으로 서서히 빠져들어 갔다.

얼마나 잤는지 일어났을 때는 어둠살이 내리고 있었다. 새벽인지 저녁인지 알 수 없었다. 거실 쪽에서 두런거리는 소리가 들렸다. 벌떡 일어나 거실로 나갔다. 맥주파티가 열리고 있었다. 양희는 냉장고에서 차가운 물을 꺼내 한 잔 가득 따라 마셨다. 컵을 씻으려고 싱크대로 갔다. 싱크대 안에는 밥풀이 붙은 즉석밥 용기와 컵라면 용기가 널브러져 있었다. 이건 은경이 불러온 나비효과가 틀림없었다. 이제 아무도 용기를 씻어서 말리거나 하지 않았다. 전자레인지 옆에 얌전하게 포개어져 있어야 할 용기들이 그야말로 일회용품으로 전락한 사실에 상실감마저 들었다. 은경은 아직 규칙 확인서에 서명하지 않고 있었다. 양희는 벼르고 별렀던 서명 건을 반드시 해치우리라 결심했다.

"언니, 푹 잤어요?"

"오랜만에 보네요."

은경과 미대 학생이 양희에게 인사를 건넸다.

"이리 와서 한잔해요, 우리. 출근하려면 아직 멀었을 텐데."

댄서가 맥주캔을 흔들어 보였다.

"그럼 그럴까요?"

양희는 벽시계를 보는 척하면서 4인용 소파 끄트머리에 앉았다. 저녁 7시가 지나가고 있었다. 숙면의 후회가 몰려왔다. 펜 작업은 끝냈어야 했는데, 전문가답지 못한 자신이 한심스러웠다.

"언니, 뭘 좀 먹어야 하지 않나요? 빈속에 술은 좀 그렇죠? 요리라도 만들어주고 싶은데 냉장고에 해 먹을 만한 게 없던데. 텅텅 비었어."

은경이 부엌 쪽을 가리키며 짜증스럽게 말했다. 먹고 치우지도 않는 주제에 요리를 해주겠다니, 가증스러웠다. 양희는 벼르고 별렀던 일을 얼른 끝내고 싶어 애가 탔다.

"나 요리하는 거 안 좋아해."

"아아, 그래서 편의점 도시락만 먹는 거구나."

은경이 알은체했다. 양희는 얼굴이 화끈 올라왔다. 자신이 관심의 대상이 되고 있었다는 사실이 불쾌했다.

"그게 왜? 문제 있나?"

양희는 까칠해졌다. 은경은 당황스러웠는지 말을 장황하게 늘어놓았다.

"문제는 없겠지만 그냥 언니가 걱정되어서. 난 편의점 음식은 하루 한 끼 이상은 안 먹거든요, 영양불균형 생길까 봐."

"절대 안 그럴걸. 어차피 미래의 음식은 간편식이 될 거야. 난 앞서가는 거구."

양희는 확신하며 말했다.

"아, 얼리어답터. 근데 이런 경우에도 해당되나?"

은경이 비아냥거렸을 때 미대 학생과 댄서가 어깨를 으쓱였다. 그녀들은 갑자기 해야 할 일이 있다며 일어났다. 거실 탁자 위에 새우깡 봉지와 맥주캔이 널브러져 있었다. 은경도 눈치를 보며 자리에서 일어나려 했다. 양희가 그들을 향해 일침을 놓았다.

"치우고 들어가죠. 규칙 제3항을 모르진 않을 텐데."

양희는 본의 아니게 여주인처럼 굴고 있다고 생각했다. 미대 학생과 댄서가 탁자 위의 재활용품들을 주섬주섬 치웠다. 은경은 팔짱을 끼고 있었다.

"언닌 분위기 싸하게 만드는 재주가 있네요. 분위기 엄청 좋았는데 싹 다 망쳐버리는. 놀라워라."

이제야 벼르고 별렀던 서명 건을 해치울 기회가 왔다고, 양희는 조바심을 가라앉히며 무겁게 이야기를 꺼냈다.

"은경 씬 따로 좀 봐요. 해결해야 할 게 있으니까."

"해결할 거 뭐요? 난 없는데. 스텝이 할 일을 내가 왜 해요. 월세도 반만 낸다면서."

은경이 씩씩거리며 방으로 들어가려 했다. 양희가 막아서며 규칙 확인서를 흔들었다.

"이거 사인하라고."

은경은 종이를 손가락으로 튕기면서 콧방귀를 뀌었다.

"아무 데나 내 이름 걸지 않거든요."

그러곤 자기 방으로 들어가 버렸다. 문 잠그는 소리와 함께 바라본 거실은 연극이 끝난 후 암막 커튼이 내려진 무대 같았다. 양희는 열연의 후유증으로 현실로 돌아오지 못한 배우처럼 은경의 방문 앞에서 '이거 사인하라고'를 되뇌고 있었다.

양희는 작은방 2로 들어가 가슴에 안티푸라민을 발랐다. 그 동작은 발신자를 알 수 없는 전화가 왔을 때야 멈췄다.

"여보세요."

양희의 목소리는 떨떠름했다. 맞은편에서는 숨소리만 들려왔다. 2주 만이었으나 익숙하게 다가왔다.

"말씀하세요."

"…."

"씨팔. 내가 그렇게 무섭냐? 비겁하게 숨지만 말고 말하라고오."

전화기를 쥔 손이 부르르 떨렸다. 안티푸라민의 맵고 쌉싸름한 살리실산메틸이 가슴에 파고들어 왔다. 양희는 새 연락처에 '모르는 여자'라고 저장하고는 손바닥으로 가슴을 둥글게 문질렀다.

*

트럼프와 시진핑이 미·중 무역전쟁을 잠정 휴전한다는 기사가 실시간 검색어 1위에 올랐다. 90일의 유예기간을 두고 합의를 끌어내겠다고 두 정상은 발표했다. 양희는 잠정 휴전, 유예기간이라는 생소한 말에 마음이 끌렸다. 트럼프는 언제든지 마음을 바꿀 수 있다는 게 현실이라며 합의에 실패하면 관세율을 10프로에서 25프로로 올리겠다는 엄포성 발언을 서슴지 않았다. 덧붙여 미국 성명에는 중국이 상당한 규모의 미국산 제품을 구매할 계획이고, 농산물은 즉각 구매할 것이라는 상세한 설명이 있었다. 반면 중국 성명은 미국산 제품을 더 수입할 것이라는 정도의 간략한 설명만 있었다. 누구의 승리로 끝이 날 것인가. 양희는 국제정세에 관심이라곤 없지만 잠정 휴전의 결과가 궁금해 미칠 것 같았다. 성명서의 내용만 읽어보면 트럼프의 승리가 확실해 보였다. 언제든지 마음을 바꿀 수 있다는 트럼프의 배짱이 마음에 들었다.

 은경은 셰어하우스 규칙에 관해 관심조차 없었다. 90일의 유예기간을 준다고 해도 꿈쩍 안 할 태세였다. 은경이 마음만 바꾸어 준다면 서명을 받아낼 수 있을 테지만 양희로선 어쩔 도리가 없었다. 큰

소리칠 수 있다는 건 뒷배가 든든하다는 말과 상통한다. 여주인은 양희의 뒷배가 되어주지 않았다. 여주인에게 관심사는 오로지 제날짜에 월세를 받아내는 것이었으니 규칙 확인서 따위는 아무래도 좋았다. 잠정 휴전이라는 검색어가 떴을 때 고작 위안을 얻는 정도의 소심증 소유자는 그렇다고 자기 일을 미루지 않았다. 편의점 야간 아르바이트를 했고, 새 작품을 완성했고, 스텝으로서 최선을 다했다. 공동목욕탕을 청소하고 거실을 정리하고 분리수거를 완벽히 처리했다. 정기적으로 여주인에게 집 상태를 전화로 보고했고 매일 사일런트와 아침밥을 나눠 먹었다. 집안일이 늘어났을 뿐 일상이 크게 달라진 건 없었다. 그런데도 해결하지 못한 일이 있다는 것이 괴로웠다.

그림을 jpg 파일로 전환해 웹에 올리는 작업만 남겨두고 있었다. 양희는 이번 작품에 거는 기대가

컸다. 습작생 꼬리표를 떼게 해줄 작품이 될 것이라고 자신했다. 퇴근길에 스타벅스에 들러 에스프레소를 추가한 카푸치노 한 잔을 주문했다. 중요한 일을 앞두고 편의점 커피를 마시고 싶지는 않았다. 웹에 올리기 전 최종 점검을 앞두고 치르는 소박한 의식 같은 것이었다. 현관에 들어섰을 때 은경의 키높이 운동화가 눈에 띄었다. 은경이 집에 있다는 사실이 거북했다.

거실 쪽에서 고양이 소리가 났다. 사일런트의 목소리를 들어보지 못했으므로 의아했다. 은경이 거실 창틀에 앉아 사일런트에게 먹이를 주고 있었다. 그때 왜 질투심이 일어나는지 양희로선 알 수 없는 감정이었다.

"뭘 먹이니?"

은경이 피식 웃었다. 사일런트가 은경의 허벅지에 이마를 부비댔다. 은경이 사일런트의 목덜미를 간질이자 갸르릉 소리를 냈다. 양희에게는 한 번도 곁을 안 주던 녀석이었다. 양희는 뒤돌아섰다. 그러고는 자신의 방으로 직진했다.

그래 일이나 하자, 하고 카푸치노를 한 모금 마셨다. 태블릿 PC를 열었다. PC에서 열감이 느껴졌다. 그럴 리가 없었다. 지난밤 출근하면서 전원을 끈 기억이 떠올랐다. 양희는 일상에서 벗어나는 일을 하지 않았다. 처음 정한 규칙대로 생활하는 것이 그녀가 삶을 지탱하는 힘이었다. 미세한 움직임을 발견한 이후 일부러 방문을 잠그지 않고 다녔다. 그물을 쳐 놓은 것이다. 양희는 방을 스캔하기 시작했다. 책장 선반의 애니 피규어들, 책상 위에 놓인 색연필, 콘티 노트, 케이스 안에 색깔대로 가지런히 들어간 매직펜, 그대로였다. 마지막으로 태블릿 PC 확인을 남겨두고 있었다. 바탕화면에 띄워 둔 폴더를 열자 화면 가득히 제목이 올라왔다. 양희 입가에 엷은 미소가 지어졌다.

"셰어하우스, 그거 재미는 있던데 나 불만 많아요. 교복 입은 걔, 나 맞죠?"

은경이 방문에 기대어 뽀로통하게 서 있었다. 양희

는 뺨을 한 대 얻어맞은 것처럼 얼얼한 기분이었다.

"봤니? 왜 봤어? 아직은, 보면 안 되는 거거든. 야아, 이 싸가지없는 년아아!"

양희는 소리 질렀다. 태어나서 처음으로 마음껏 소리를 질렀다. 은경도 지지 않았다.

"나한테 대체 왜 그래? 내가 교복 입는 게 그렇게 웃겨? 왜 그걸 이용하냐고오. '학교 쓰리'에 캐스팅 되려고 죽을 만큼 노력하고 있는데, 내가 얼마나 힘든지 언니가 알아? 왜 날 미친 쓰레기로 만들었어."

양희는 규칙 제1항을 어긴 자에게 어떤 벌을 내려야 할지 막막했다. 은경이 규칙 확인서에 서명하지 않았으므로 처벌받을 이유가 없었다.

은경이 다시 소리쳤다.

"웹에 나오기만 해 봐. 악플로 만신창이 만들어줄 테니깐."

양희가 되받아쳤다.

"누가 너라든? 니가 뭐라고 주인공이래? 꿈도 꾸지 마. 암튼 고마워. 무플이 더 무섭다니까."

은경이 불쏘시개 역할을 한 것은 사실이었다. 그러나 양희는 옥분을 생각하고 있었다. 영원히 숨기고 싶었을 과거가 딸의 작품에서 적나라하게 까발려졌을 때 어떤 기분이 들까. 은경처럼 길길이 날뛸까? 아니면 후회나 반성 정도는 하게 될까? 궁금했다. 양희는 작품의 성공을 확신했다. 은경이 날뛰는 이유도 실감 나게 표현된 캐릭터 덕분이라고 생각했다. 2편에서는 더욱 교활하고 사악하게 묘사하리라 계획했다. 그건 원래대로, 제자리에, 원상복귀를 어긴 자에게 내리는 처벌이었다. 그러나 그 조용한 품위 있는 처벌이 분노를 잠재우지는 못했다. 여전히 원래대로 되지 않은 것들이 남아 있었고, 요원해 보였다.

셰어하우스에서 품격 있는 생활을 꿈꾸었으나 그것 또한 환상이었음을 깨닫게 되었다. 그녀는 어울리지 않는 사람으로 은경의 말대로 분위기 싸하게 만드는 재주를 가진 놀라운 사람이 되어 있었다. 어쨌든 원상복귀가 안 되는 곳이라면 더 이상 머무르고 싶지 않았다. 그러나 그것이 누구 때문인지 혹은 무엇 때문인지 의문이 들기 시작했고, 그 의문이 풀릴 때까지는 떠날 수 없었다.

*

공모전에 합격했다는 통보를 받고 양희는 편의점 아르바이트를 그만두었다. 새내기 작가로서 당분간은 작품에만 전념하고 싶었다. 최선을 다하지 않은 작품을 내보이는 건 독자에 대한 모독이라고 생각했다. 그러나 최선을 다한 결과는 참혹했다. 작품에 달리는 별점 평가란에 주인공이 마음에 들지 않는다는 이유로 별점을 주고 싶지 않다는 댓글은 오히려 선플로 받아들일 정도였다. 주인공에게 퍼붓는 폭탄 수준의 힐난 댓글이 무차별적으로 올라왔다. 악플러들에게 주인공은 사생아를 버린 쓰레기 혹은 막돼먹은 창녀로 불리고 있었다. 양희는 옥분이 조리돌림을 당하는 것 같아서 가슴이 턱턱 막혔다. 누군가를 향해 겨누었던 칼끝이 결국은 자신의 심장으로 날아든 기분이었다. 그러니 아팠다. 복수는 달콤하지도 통쾌하지도 않았다. 양희는 처음으로 '나는 왜 이야기를 쓰고 그리는가?'에 대한 물음과 정면으로 마주섰다. 돌이켜보면 그것은 자신을 얽어매고 있는 굴레에서 벗어나기 위한 몸부림이었다. 두루마리에 말려 있던 상처를 하나씩 펼쳐 보일 때마다 자신이 붙잡고 있던 과거에서 풀려나면서 점차 마음속의 응어리도 풀어졌던 것이다. 그러나 증오가 낳은 복수는 또 다른 상처를 남길 뿐이라는 걸 깨닫고 있었다.

아이러니하게도 웹툰의 관심은 꾸준히 늘고 있었다. 댓글 난에 가끔 셰어하우스 동거인들의 좌충우돌하는 공동체살이가 현실감 있게 그려졌다거나, 예쁘지도 착하지도 않은 캐릭터를 주인공으로 내세운 점이 역발상적 접근이라는 격려의 글들이 올라왔다. 위로는 되었으나 댓글에 연연해서 고통받는 시간이 아까웠다. 댓글 하나에 일희일비하고 있는 나약한 자신이 초라했다. 그녀에게 필요한 건 어쩌면 객관적으로 바라보는 시선일지도 몰랐다. 적어도 옥분에 대해서만큼은 그랬다. 양희는 그동안 원래대로, 제자리에, 원상복귀에 묶여 살았었음을 알게 되었다. 그건 스스로가 만든 구속이었다. 그 구속에서 벗어나는 방법은 옥분을 놓아주는 것이었다. 너를 버리고 나로 살아가는 것, 그것은 악플에 대처하는 방법이기도 했다.

편의점 일을 그만뒀을 뿐 양희의 일상에 변화는 없었다. '셰어하우스' 2편을 연재하고 있었고, 매일 공동목욕탕을 청소하고 거실을 정리하고 재활용품을 분리수거했다. 정기적으로 여주인에게 집 상태를 보고했고 사일런트와 아침밥을 나눠 먹었다. 여전히 한 걸음 정도의 간격이 있었지만 애면글면하지는 않았다. 양희는 담담하게 흘려보내는 일상의 모습에 스스로 놀라고 있었다. 은경은 여전히 오디션을 보러 다녔다. '학교 3'은 포기한 건지 기회가 없어진 것인지 평상복 차림으로 외출했고 밤이 늦어서야 돌아왔다. 그래서 양희와 마주칠 일이 거의 없었다.

셰어하우스 동거인들이 거실에서 맥주를 마시고 있을 때였다. 은경이 취해서 들어왔다. 양희는 흔들의자에 앉아 있었다.

"오랜만이네. 밥은 먹고 다니니?"

은경이 놀라서 쳐다봤다. 미대 학생과 댄서도 놀라긴 마찬가지였다.

"웬 걱정이셔. 언제부터 관심을 가지게 되었을까요? 스텝 언니."

"댓글 좀 달아줘. 악플이라도 좋아."

"미안해서 어쩌나요. 난 아무 데나 내 이름 걸지 않는데."

양희는 미소 지었다.

"내가 포기를 모르는 여자라는 것쯤은 알고 있을 텐데. 어쨌든 지금은 같이 한잔하자. 좋잖아."

창문 너머로 갸르릉 소리가 들려왔다. 양희는 창가

셰어하우스　159

로 다가가 창문을 열었다. 바람 한 줄기가 시원하게 들어왔다. 맥주캔 따는 소리가 들리고 바삭거리며 새우깡 부서지는 소리, 두런거리는 소리, 웃음소리가 거실을 왁자하게 채웠다. 문득, 모르는 여자의 목소리는 어떨지 마음이 서성대었다.

행복한 여자

유&박 봉제는 스포츠 의류 전문 봉제공장이다. 15평 남짓한 작업장에 직원이라고 해봐야 사장 부부와 인옥을 포함한 세 명의 미싱사가 전부였다. 사장 부부가 옷 재단을 하면 미싱사들이 부분별로 나누어 박음질했다. 인옥은 밑단 봉제를 전적으로 맡아 했는데, 삼봉기계를 돌리던 미싱사를 대체해 들어왔기 때문이다. 요가복의 밑단 봉제는 세밀한 손놀림이 필요한 작업이었다. 탄성이 강한 직물이라 바늘땀이 밀리지 않도록 박음질하는 것이 관건인데, 오버로크 친 커팅면을 안쪽에 넣어 박는 솜씨가 20년

경력의 다른 미싱사들 못지않았다. 인옥이 단박에 면접을 통과한 이유도 재봉틀 다루는 솜씨 때문이다.

취업 사이트를 검색하다가 안양에서 청파동까지 1호선으로 한 번에 올 수 있다는 조건 하나만 보고 결정한 일자리였다. 앞뒤를 잴 처지가 아니었다. 며칠 전 두 번째 월급을 받은 인옥은 기계 소음과 반복되는 작업으로 진력이 나고 있었다. 게다가 중국에서 얻은 기관지병이 도져서 인옥을 괴롭혔다. 그러나 투정은 사치라고 마음을 다잡는 중이었다.

"커피 한잔해요."

박 이사가 믹스커피를 타서 내왔다. 덕분에 쉼 없이 돌아가던 재봉틀이 일시에 멈춰 섰다. 어깨가 무겁다 싶을 때쯤이면 전기포트에서 물 끓는 소리가 났다.

"난 아메리카노가 싫더라. 밍밍해. 1대 2대 3. 이 비율이 딱 맛있어. 안 그래요?"

"맞아요. 난 이사님이 타주는 커피가 제일 맛있더라."

미싱사들은 박 이사의 말에 무조건 동조했다. 불

여시라며 귀엣말로 흉을 보면서도 사장보다는 박 이사의 눈치를 살폈다. 인옥의 생각에도 기업가보다는 취미활동가에 가까운 유 사장이 20년째 사업을 지속하고 있는 이유가 수완 좋은 박 이사 덕분으로 보였다. 전화 받는 일부터 업자들을 만나는 사업적 일까지 박 이사가 도맡아 했으니까.

바깥 기온은 32도를 기록하고 있었고 이럴 땐 아이스커피를 마셔야 하지만, 미싱사들은 얼음이라면 질색했다. 산후풍이라든지 위장병이 있다고 하지만 저마다 배고픈 시절의 이야기를 했으니 공통의 이유는 가난 때문인 듯했다. 인옥 또한 위장에 차가운 걸 넣으면 꼭 탈이 났으니 동병상련을 느꼈다. 그래서 배곯은 이야기가 나오면 피식 웃고 말았다.

박 이사가 인옥에게 종이컵을 건네며 말했다.

"인옥 씬 자꾸 예뻐지네. 남편이 잘해주나 봐."

아이 낳고 기미가 생겼다는 박 이사는 자신의 외모에 불만이 많았다. 외모에 신경 쓸 여유도 없이 살았다는 말을 자주 했는데, 그럴 때마다 유 사장을 노려봤다. 인옥은 유 사장이 여자 문제로 여러 번 속을 썩였다는 이야기를 들은 다음부터는 박 이사의 그런 칭찬이 불편했다. 인옥은 얼굴을 붉히며 커피를 홀짝거리며 마셨다.

"신혼이라잖아요."

"저 피부 좀 봐. 빛이 나네, 빛이 나."

미싱사들도 한두 마디 거들었다. 내처 박 이사는 남편과 키스한 지가 언제인지도 모르겠다며 너스레를 떨었고, 이구동성으로 매력 없어진 자신들의 남편을 소환해냈다.

인옥은 유 사장이 신경 쓰였다. 힐긋 쳐다보다가 서로 눈이 마주치자 유 사장이 사람 좋은 얼굴을 하고 눈을 찡긋거렸다. 인옥은 얼른 고개를 숙였다. 와인, 낚시, 사이클 등 각종 동호회의 회장이라는 그는 외근이 잦아서 박 이사의 핀잔을 자주 들었다. 그중 박 이사가 가장 끔찍하게 여기는 동호회는 '한잔회'였다. 퇴근 시간이면 홀연히 사라져서는 술냄새를 풍기며 출근했으니 박 이사의 넋두리를 한 바가지씩 들곤 했다. 인옥은 그럴 때마다 전남편이 떠올라서 진저리를 쳤다. 남편의 손에는 항상 담배와 술병이 들려 있었다. 인옥이 장마당에 나가 돈을 만지는 날이면 어떻게 알고는 달려들어서 그날 번 돈을 몽땅 토해낼 때까지 구타했다. 그러니 지금의 남편 성호를 만난 건 정말 행운이라고 생각했다.

 성호는 처음 만난 여자에게 잘 구워진 돼지갈비를 적당한 크기로 잘라 앞 접시에 놓아주던 남자였다. 화물트럭 기사인 그는 가장의 역할에 충실했다. 5년 연식의 트럭이 주행거리로 따지면 8년은 될 것이라고 했으니 그간 얼마나 열심히 달렸는지를 알 수 있었다. 일요일에도 쉬는 법이 없었다. 긴 호스를 베란다에서 끌어 내려 트럭을 세차했는데 타이어에 낀 흙 한 톨까지 씻어냈다. 성실한 데다가 다정하기까지 한 그를 결혼상대자로 마다할 이유가 없었다. 마흔을 넘긴 여자에게 열다섯 살 연상이라든지 성년의 아들이 있다는 것쯤은 문제가 되지 않는 조건이었.

 짧은 커피타임이 끝나고 다시 기계들이 돌아갔다.

인옥은 박음질 시작 전에 바늘대의 고정나사를 풀어 바늘을 바꿔 끼었다. 바늘 끝이 무뎌지면 옷을 손상시키기 때문에 타이트한 옷일수록 주기적으로 살펴봐야 한다. 인옥은 실패를 새것으로 교환하고 실걸이와 실채기에 실을 건 다음 바늘귀에 꿰었다. 총알을 장전하듯 밑실도 새로 갈았다. 이제 2시간 동안 실 바꿈 없이 박음질할 것이다. 인옥은 오른손 검지에 감각이 없어서 엄지와 중지를 사용한다. 미싱사라면 누구랄 것 없이 손에 흉터 하나쯤은 가지고 있기 마련인데 그녀도 그렇다. 중학교를 졸업하자마자 취업한 곳이 중국에 수출하는 노동복 생산공장이었다. 노루발 사이로 빛의 속도로 오르내리는 바늘이 더 이상 무섭지 않을 즈음에 오른손 검지를 박고야 말았다. 그녀는 그때 본능적으로 재봉틀 발을 돌려 바늘을 빼냈다. 무겁게 손가락에서 빠져나온 바늘은 선홍빛이었다. 잔인하게도 아름다운 빛깔이었다. 재봉은 무섭고 지겨운 일이었으나 생계 수단이었으며 결과적으로는 한국 땅을 밟을 수 있게 도와

준 생명줄이었다. 이후 중국에 해외 노동자로 나갔던 그녀는 인간의 자유로운 삶에 대해 고민하게 되었고 목숨 건 탈출을 감행했던 것이다.

"인옥 씨, 전화."

박 이사가 인옥을 향해 불렀다.

"누군데요?"

"그런 사람 있냐고 해서, 있다고 했더니 끊네."

박 이사는 입을 삐죽이며 전화기를 내려놓았다. 핸드폰으로 전화하지 않은 걸로 보아 확인 전화일 거라고 인옥은 짐작했다. 인옥은 목이 타서 물 한 모금을 마셨다. 손에 든 생수병이 흔들렸다. 바로 문자가 왔다.

-김인옥씨죠

-네에. 누구세요

-김포 경찰서입니다

안양이 아니고 김포경찰서에서 그녀를 찾고 있었

다. 심장이 벌렁거렸지만 인옥은 침착하게 굴었다. 퇴근 후에나 만날 수 있다고 문자를 보내고 다시 재봉틀을 돌렸다.

"최근에 이경철이 만난 적 있죠."

형사가 테이블 위에 수첩을 내려놓으며 물었다. 웃고 있었지만 눈빛이 서늘했다. 인옥은 형사가 주문해준 유자차를 한 모금 마셨다.

"2주일 전쯤 이쪽에 볼일이 있어서 왔다기에 차 한 잔 마셨어요."

인옥이 담담하게 말했다. 리경철의 월북 소식을 퇴근길 전철 안에서 알았을 때 하마터면 핸드폰을 놓칠 뻔했다. 네이버 검색 1순위에 오른 뉴스는 며칠 동안 모든 방송사의 1면 뉴스로 등장했다. 그는 인옥과 하나원의 같은 기수였다. 두렵고 어설프기만 했던 남한에서의 정착 시절에 누님이라 부르며 살갑게 구는 그를 동생처럼 의지했었다. 가끔 돈을 빌려

달라고 해서 두어 번 오간 적도 있었지만 신용 없이 굴진 않았다. 형사가 평소와 다른 특이점이 있었는지 물었을 때 그날 삼백만 원을 주었다고 말해야 할지 망설여졌다. 이미 날아가 버린 돈을 소환해봤자 득이 될 리가 없었다.

"임대아파트 보증금까지 빼서 달러로 환전한 걸 보면 단단히 준비했던 거요. 김인옥 씨와도 돈거래 기록이 있던데."

형사가 질문처럼 말을 던졌으나 인옥은 유도 신문에 걸리지 않으려고 말을 아꼈다.

"급전이 필요하다고 해서… 돈은 다 받았어요."

현금으로 거래한 걸 그나마 다행으로 여겨야 하는 상황이 답답했다. 형사는 리경철의 주변 인물에 대해 이것저것 물었고, 인옥은 개인적인 사정은 아는 바가 없다고 잘라 말했다. 그녀의 결혼생활에 대해서도 물었다.

"리경철과 관계없는 이야기는 하고 싶지 않습니다."

인옥은 일부러 샐쭉하게 굴었다. 자유민주주의 나라에서 사생활 침해를 운운하면 대부분은 물러나는 쪽을 택했다. 사생활 보호법은 제법 효과적인 무기가 되어 주었으므로 눈치껏 이용했는데 성공률이 높았다. 3년 전 하나원에서 출소하고 주민등록증을 받아들었을 때 자유와 권리가 보장되는 줄 알았다. 그곳에서 받았던 자본주의 교육에 의하면 그래야 했다. 그러나 완벽한 대한민국 국민이 되기 위해서는 또 다른 안전망이 필요하다고 느꼈다. 그래서 먼저 탈북한 선배들의 조언대로 여러 번 선을 봤고 마침내 한성호의 가정에 둥지를 틀었던 것이다. 남편이 있다는 것은 경제적으로나 사회적으로나 안전한 보호막이 있다는 뜻이기도 했다. 이제 인옥에게는 확실하게 빠져나갈 방법이 생겼다.

"저, 남편이 저녁을 집에서 먹어요. 어쩌죠."

"아, 저녁. 음, 그렇죠."

형사는 잠시 머뭇거리더니 수첩과 펜을 정리하고 자리에서 일어났다.

"그럼, 오늘은 워밍업 한 거로."

"워밍업요?"

형사는 고개를 끄덕였지만 왠지 긍정의 뜻으로 보이지 않았다. 쉬운 한국어를 두고 왜 굳이 외래어를 쓰는지 못마땅했다. 한국에서 외래어는 마치 국어처럼 사용되었다. 한국말도 지레짐작해야 할 경우가 많았는데 외래어는 더 큰 장벽이었다. 거리를 걸을 때마다 외국이지 싶었다. 그러니 약속 장소를 정하는 일도 길 찾는 일도 서너 살 아이처럼 헤매기 일쑤였다. 인옥은 전철역으로 걸어가면서 워밍업을 검색했다. 몸풀기란 운동할 때나 쓰이는 말일 텐데, 희미하게 웃던 그의 얇은 입술을 떠올리자 마음이 편치 않았다. 이 사달을 일으킨 리경철에게 분통이 터졌다.

"종간나새끼!"

통째로 날아가 버린 삼백만 원을 생각하자 가슴이 조여왔다. 중국 휴대폰을 사라고 건넸던 돈이었다. 그가 그녀의 언니 손에 휴대폰을 쥐여줄 가능성을

행복한 여자 175

점쳐보면 현재로선 제로 퍼센트에 가까웠다. 믿고 부탁한 일이었다. 믿음의 대가가 배신이라니, 인옥은 주먹을 불끈 쥐었다. 그동안 여자관계가 복잡하다거나 돈 관계가 얽혀 있다는 등의 소문이 나돌았지만 자신과는 상관없는 일이라 여겼으니 제대로 멍청한 짓을 한 것이다. 인옥은 두통까지 와서 가방에서 타이레놀을 한 알 꺼내 삼켰다.

"언니, 중국 휴대폰 부탁해 놨어. 곧 연락 갈 거야. 이제 영상 통화도 돼. 준이가 외가 오면 전화 한 번 하자우. 언제 되간?"

"그걸 내가 어더래 아네."

"30일이 오마니 생신이니까네 그때 오라 그러면 되갔네. 부탁해 언니."

"알았다우. 돈은 얼마 보냈네?"

"만 삼천 위안을 벌써 다 썼네?"

"그 돈이 여적 있간. 오마니가 마이 아프다야."

"하아! 핸드폰에 돈이 얼마 들어간지 아네?"

 리경철에게 중국 통신사 서비스를 받는 핸드폰 구매비로 돈을 건네고 언니와 통화했을 때다. 중국 돈으로 만 삼천 위안은 삼백만 원을 준비해야 언니에게 쥐어지는 돈이었다. 브로커가 30퍼센트나 챙겼는데 탈북민 중에는 가족에게 보낼 돈을 몽땅 떼이고 약을 먹은 이도 있었다. 그래서 믿을 만한 브로커를 찾는 일이 중요했다. 중국인보다는 말이 통하는 중국 국적의 조선족들을 선호했는데 인옥은 그동안 리경철이 소개해준 브로커를 통해 거래를 해왔다. 그러니 이번의 거래도 전혀 의심하지 않았다. 전화 통화도 브로커를 통해야 가능했다. 중국 쪽 브로커가 날짜와 시간을 정해 주면 언니는 북쪽의 브로커를 따라 산에 올라가서 통화를 했다. 어렵게 전화를 연결하는데도 언니의 관심은 오직 돈이었다. 그것도 당당하게 요구했다. 서운하지만 받아들일 수밖에 없는 처지였다. 직통 전화가 절실한 건 인옥 쪽이었으니까.

"갈아 죽일 놈!"

인옥은 부드득 이를 갈았다. 그만한 돈을 모으려면 또 몇 개월이 걸릴 것이다. 남편에게 손 벌릴 수 있는 성질의 돈이 아니었다.

1호선은 퇴근길의 승객들로 발 디딜 틈이 없었다. 에어컨으로는 해결이 안 되는, 사람들에게서 뿜어져 나오는 열기로 전철 안은 후덥지근했다. 인옥은 눈치껏 짐 가방을 안은 아주머니 앞에 섰다. 예상대로 영등포역에서 자리가 나서 안양역까지 30분은 편안히 앉아 가게 되었다. 약 기운이 도는지 스르르 눈이 감겨 왔다. 핸드폰 알람을 맞추고 머리를 뒷벽에 기댔다. 형사에 대해서는 오늘처럼만 하면 될 거라고 주문처럼 중얼거렸다.

인옥은 알람이 울려서야 눈을 떴다. 8시 30분이 넘어서고 있었다. 남편에게 늦겠다고 알렸지만 서둘러 집으로 향했다. 동성빌라는 중앙시장 뒤편에 있었다. 결혼을 약속하고 남편 집을 오갔을 때 가장 마음에 든 부분이 집 근처에 시장이 있다는 점이었다. 다양한 먹거리가 넘치는 시장은 풍요로웠다. 들판에 쌓아 올린 가을걷이한 곡식을 바라볼 때처럼 마냥 행복했다. 카페 민들레에서 커피 볶는 냄새가 흘러나왔다. 여주인이 직접 로스팅한 커피는 풍미가 훌륭했다. 신혼 초에는 심심하다 싶으면 시장 구경을 갔는데 가끔 민들레에 들러 시간을 보내곤 했다. 계핏가루를 흩뿌린 모카커피 한 잔을 시켜 놓고 창밖으로 오가는 사람들을 구경했다. 그런 부르주아적인 취미가 사치이지 싶어 죄책감이 들기도 했다. 그러나 그 정도의 호사는 누릴 형편이 된다고, 스스로 위안했다. 행복은 절대 우연히 오지 않는 것이었다. 스스로 만드는 것이고, 소소한 것에서부터 찾는 것이라는 걸 깨달아가고 있었다. 그러나 최근 들어서는 그 작은 호사도 누릴 여유가 없었다. 그렇다고 남편에게 생활비를 더 달라는 말은 나오지 않았다.

   커피 향은 빌라 앞까지 쫓아와서 인옥을 울적하게

만들었다. 키 낮은 빌라 담장에 넝쿨을 올린 능소화가 가로등 불빛 아래에서 반짝였다. 1년 전 남편과 살림을 합치는 날에도 저렇게 주홍 잎을 활짝 벌려 맞아주었던 꽃이다. 인옥은 자신의 해진 구두코를 내려다봤다. 문득 나는 지금 행복한가, 생각했다. 상가 코너에 자리한 편의점 앞이 시끌벅적했다. 승규 또래의 젊은이들이 야외테이블을 차지하고 있었다. 인옥은 삼각 김밥과 컵라면이 순식간에 입안으로 사라지는 기세 좋은 먹성을 신기한 듯 바라봤다. 승규의 먹성도 만만치 않아서 퇴근하면서 매번 자잘하게 장을 봐야 할 정도였다. 남편이 주는 생활비에서 얼마간 떼어내 적금을 넣고 있었는데 승규가 제대하고부터는 중단할 수밖에 없었다. 먹는 거로 마음을 살 순 없지만 마땅히 할 만한 것도 없었다. 그녀는 입구 판매대에 쌓아 놓은 참외 한 봉지를 바구니에 담아 안으로 들어갔다. 두부와 시금치, 달걀을 골라 담고 과자 한 묶음을 가져와 계산대에 올렸다. 장바구니가 제법 묵직했다. 품질 좋은 과일만 가져다 놓는다는 슈퍼 아주머니의 자랑을 뒤로하고 밖으로 나왔다. 고개를 빼고 102동 쪽을 올려다봤다. 3층 거실과 승규 방에 불이 켜져 있었다. 부자가 함께 TV라도 보고 있으면 좋으련만 그들은 늘 각자의 방에서 시간을 보냈다.

남편은 저녁 뉴스를 보고 있었다.

"늦어서 미안해요. 저녁은요?"

"시장에서 국밥 한 그릇 했어."

"잘했네요."

인옥은 장바구니를 식탁 위에 부려 놓고 승규 방으로 가 노크했다.

"자니?"

아무런 기척이 없었다. 인옥은 문을 열려다가 말고 다시 부엌으로 갔다. 갑자기 허기가 몰려왔다. 뭐라도 먹어야 하지만 자신이 먹자고 상 차리는 것이 눈치가 보였다. 그냥 참외만 씻어 거실로 내갔다. 꼭지가 연둣빛이 돌고 동그마한 참외가 달다던 슈퍼 아주머니 말대로 참외를 깎아 반으로 자르자 달큰한

향이 올라왔다. 씨를 빼낸 쪽을 포크에 찍어 남편에게 건네고 씨를 빼지 않은 쪽을 덥석 베어 물었다.

"승규야, 과일 먹어라."

남편이 아들을 불러냈다. 승규는 대답하고도 한참 후에나 거실로 나왔다. 인옥이 참외 한쪽을 포크에 찍어주자 마지못해 받아들었다. 부자는 뉴스를 보면서 말없이 참외를 먹었다. 탈북민의 한국살이에 대한 르포가 방송되고 있었다. 채널을 돌릴 권한이 없는 인옥은 눈치 없는 남편이 야속했다. 그러다 승규의 결혼 선언으로 집안 분위기는 깊은 정적 속으로 가라앉았다. 스물셋의 남자가 서른 살의 여자에게 임신을 시켰다는 것이다. 그때 느닷없이 카톡이 울렸고 인옥은 얼른 핸드폰 소리를 무음으로 바꿨다.

-잘 들어갔습니까

유 사장이었다. 그가 언제부터 카톡 친구였는지 의아했다. 험상궂은 남자와 카페에 들어가는 걸 봤다며 안부를 물어왔다. 웬 오지랖인가 싶었지만 곧이어 소름이 돋았다. 요 며칠 화장실을 다녀오면서 자신의 어깨에 슬쩍 부딪히던 그의 손길이 떠올랐던 것이다. 남자들의 치근대는 수법을 본능적으로 알고 있는 그녀는 혹여 몸가짐에 무슨 문제라도 있었는지 소환해 보지만 집히는 것이 없었다. 인옥은 핸드폰 전원을 꺼버렸다. 기껏 할 수 있는 대처법이 모른척하는 것이라니, 서글펐다.

인옥은 배 속을 파다 말고 부드러운 속살을 한 숟가락 그득 입에 넣었다. 달콤한 과즙이 입안에서 터져 나왔다. 그녀는 배속김치를 담을 때마다 격세지감을 느낀다. 최상류층에서나 해 먹는 김치를 부지런만 떨면 언제든 만들어 먹을 수 있으니 말이다. 1년 365일 배를 사 먹을 수 있다는 것 자체가 놀라웠다. 한국에 왔을 때는 봄이었으니 배가 나올 철이 아니었다. 마트 냉장 진열장에서 투명 플라스틱 포장 용기에 든 아기 얼굴만 한 배를 보고 놀랐고, 엄청난 가격에 한 번 더 놀랐던 것도 이제는 옛날 일이다.

간밤에 절여 놓은 배추를 배 속에 채워 넣고 생강·마늘을 섞어 갈아 놓은 배와 무즙을 위에 부었다. 부자가 이 배속김치를 좋아할 줄은 생각지도 못했다. 오래 두고 먹지 못해 자주 담가야 하는 번거로움이 있지만 승규가 오고부터는 떨어지지 않게 담으려고 했다. 인옥은 김치통을 김치냉장고 숙성칸에 옮겨 넣고 온도를 재설정했다. 이틀 후면 마침맞게 먹을 수 있을 것이었다.

화장실에서 인기척이 들렸다. 인옥은 간단하게라도 화장을 하고 출근해야 하지만 아침부터 김치를 담느라 여유가 없었다. 남편은 늘 새벽밥을 먹고 출근했으므로 다시 상을 차렸다. 김치와 익은 배속김치를 꺼내 보시기에 담고 달걀부침과 구운 김, 멸치볶음, 콩나물무침, 두부조림을 올리자 금세 한상차림이 되었다. 매번 칠첩반상을 차리는 건 낭비로 느껴졌다. 1993년 배급제가 폐지되고 주민들이 각자

도생으로 나앉으면서 모두 산으로 들로 장마당으로 식량을 구하러 다녔다. 인옥도 예외는 아니어서 그녀가 받는 월급으로는 세 식구가 먹고살기 빠듯했다. 현재의 삶이 풍족할수록 인옥은 목이 메었다. 준이는 아침은 먹고 학교에 갔을까?

인옥은 명치끝이 쓰라려 와 가슴 밑을 꾹꾹 눌렀다. 어미 노릇 못하는 미안함이 석회처럼 심장에 박혀 있었다.

"승규야, 밥하고 국은 알아서 덜어 먹어. 아줌마 출근해."

"…."

침묵은 매번 인옥의 가슴을 쳤다. 승규는 대하기 어려운 아들이었다. 결혼을 약속하고 남편과 면회하러 간 적이 있었다. 승규는 아버지의 삶에 간여할 생각이 없다며 무심하게 말했다. 그때는 반대하지 않은 것을 다행으로 여겼는데, 여태 한 문장 이상의 대화를 나눈 적이 없고 보면 새어머니로 인정할 의사가 없던 거였다. 용기를 내어 오늘은 뭐할 건지,

먹고 싶은 반찬이 있는지를 물어보면 어깨를 으쓱이며 자기 방으로 들어가 버렸다. 인옥은 서먹하고 서운해서 상실감을 느끼곤 했다. 게다가 예상치 못한 결혼 선언을 하고 나서는 부자 사이가 더 냉랭해졌으니 인옥 혼자서 눈치껏 부자의 비위를 맞춰야 했다. 한집에서 온종일 있어야 한다면 끔찍했으리라. 인옥은 고개를 절레절레 저으며 서둘러 현관을 나섰다.

텁텁한 공기가 얼굴에 착 달라붙었다. 낮게 가라앉은 구름이 곧 비를 몰고 올 것 같았다. 장마가 시작된다는데 우산을 챙기지 못한 걸 깨달았지만 되돌아갈 생각은 없었다. 그녀는 대수롭지 않은 일에 시간을 허비하지 않았다. 리경철이 월북한 지도 일주일이 지났다. 형사로부터 몇 번 전화가 왔지만 다시 찾아오지는 않았다. 그저 영향력 없는 주변 인물로 여겼다면 다행이었다. 늘 그렇듯 북쪽이 잠잠한 걸 보면 3백만 원은 보위부 주머니에 들어갔을 가능성이 컸다. 돈이면 송장도 살려낼 수 있는 사람들이었다. 뉴스에서도 채무 관계에 의한 단순 월북 사건으로 단정 짓고 있었다. 인옥은 샤오미폰, 하고 한숨을 내쉬었다.

카페 민들레의 부지런한 여주인은 매일 아침 커피를 내리며 생동감 넘치는 출근길을 만든다. 민들레의 커피 맛이 그리웠다. 테이크아웃 창구에서 서빙을 하던 여주인이 알은체했다.

"요즘 바빠요? 얼굴 잊어버리겠어요."

그녀는 꽃무늬 두건을 쓰고, 목소리는 사이다처럼 청량했다.

"네에, 안녕하세요."

"새로 블렌딩한 커피가 있는데, 한번 와요. 평가도 좀 해주고."

"고맙습니다. 이번 주말에는 꼭 갈게요."

커피 무식쟁이에게 시음을 부탁하는 그녀가 고마웠다. 인옥은 주로 듣는 편이었지만 여주인과 이야기 나누는 시간이 좋았다. 커피에 관한 것이나 해외여행 다녀온 경험담부터 다양한 사업 경험까지, 여주인의 이야기는 마음을 설레게 했다. 인옥은 자신이 블렌딩한 커피를 준이가 시음하는 장면을 상상하며 카페 주인을 꿈꾸기도 했다. 그런 생각을 하면 마음이 조급해졌다. 형사로부터 호출 문자가 오지만 않았어도 출근길이 매우 행복했을 것이다. 김포경찰서로 오라는 것은 다시 조사할 거리가 생겼다는 의미였다. 남편을 부르는 상황까지는 가지 않았으면 했다. 굵은 비가 떨어지기 시작했다.

박 이사가 새 일감을 가지고 왔다. 재단 테이블에 납품할 요가복이 산더미처럼 쌓여 있었고, 그녀의 기미 낀 동글납작한 얼굴은 근래 들어 가장 밝은 얼굴이었다. 요가와 필라테스 인구가 늘면서 온라인 쇼핑몰이 우후죽순으로 생겨나 유&박은 전에 없던 호황을 누리고 있었다. 세 명의 미싱사들은 출근하자마자 부지런히 재봉틀을 돌려야 했다. 늘 하던 커피타임도 생략한 채 모든 재봉틀이 돌아가고 있어서 인옥은 반찬 이야기를 꺼내지 못했다. 게다가 오전 내내 유 사장의 뜨거운 눈초리를 받고 있어서 고개를 재봉틀에 처박고 있었다. 그러다 우연히 서로 눈이 마주쳤을 때 그가 "커피타임!" 하고 소리쳤다.

"저 일감을 보고도 그런 소릴 해요?"

박 이사는 단호했다.

"십분 쉰다고 무슨 큰일이라도 나? 이사라는 사람이 노동법도 몰라. 계속 일만 하면 능률도 안 올라요, 이 사람아."

유 사장은 커피포트에 직접 물을 끓이며 눈을 흘겼다. 박 이사도 지지 않았다.

"일이 많을 땐 건너뛸 수도 있는 거지. 꼭 내가 악덕 기업주 같잖아. 오늘따라 이상하게 별나게 구네."

결국에는 박 이사가 종이컵에 믹스커피를 타서 돌렸다. 미싱사들은 마지못해 종이컵을 하나씩 받아 들고 뜨거운 커피를 후후 불어가며 마셨다.

휴식 5분 만에 다시 재봉틀이 돌아갔다. 인옥은 끝내 반찬 이야기를 꺼내지 못했다. 주문 도시락으로 점심을 먹을 때도 입이 떨어지지 않았다. 그러다 퇴근 무렵에 형사가 직접 공장으로 찾아왔을 때야 자신이 크게 실수했음을 깨달았다. 문자로 보낸 불출석 사유가 전혀 먹히지 않은 것이다.

"오늘은 야근까지 해야 하는데. 왜 자꾸 오세요? 아는 것도 없고 할 말도 없는데."

인옥이 긴 한숨을 내쉬었다.

"이보세요, 할 말 없는 사람에게 말을 하게 만드는 게 바로 우리 일입니다. 장마가 뭔 대수라고, 오라면 와야지 대한민국 경찰이 우스워요?"

형사는 몹시 신경질적이었다.

"우산이 없어서."

"나 원 참! 편의점에 널린 게 우산이요."

인옥은 그의 목소리가 공장 안으로 새 들어갈 것 같아 불안했다. 이윽고 출입문에 매달아 둔 딸랑이가 울리며 박 이사가 얼굴을 내밀었다.

"경찰이라고요? 무슨 일로?"

인옥은 잔뜩 몸을 움츠렸다.

"아, 별건 아니고 조사할 게 좀 있어서."

"별 게 아닌데 조사를 해요?"

박 이사가 인옥과 형사를 아래위로 훑어봤다. 그러더니

"하필 오늘이람. 쯧, 뭔지 모르지만 인옥 씬 그만 퇴근해요."

했다. 그녀의 눈동자는 캐묻고 싶은 걸 참느라 번득거렸다. 영리한 사람이라 분명히 무어라도 알아낼 거라는 걸 짐작하지만 과거를 말하지 않았다고 문제 될 것은 없었다. 지금은 대한민국 국민 김인옥이었으니까. 그동안 탈북민 꼬리표를 떼기 위해 무던히도 노력했다. 드라마를 보며 말씨를 고쳤고, 동대문 시장에 가서 옷을 사 입었다. 외래어 공부를 게을리 하지 않았고, 컴퓨터와 스마트폰을 자유롭게 쓸 수 있을 정도로 익혔다. 남편을 만나고 꼭 가봐야 할 유명 관광지도 돌아봤으니 대화에서 소외되지 않을 만큼의 일반상식도 갖추었다. 인옥은 3년 만에 한국의 평범한 주부가 되어가고 있었다. 사생활 보호법이라는 게 있으니까, 인옥은 스스로 최면을 걸었다.

비가 줄기차게 내리고 있었다. 그들은 우산 하나를 어설프게 받쳐 들고 엉거주춤 걸어서 근처 햄버거 가게로 들어갔다. 곧장 콜라와 커피를 시켜 자리를 찾아 앉았다. 인옥이 커피를 한 모금 마시며 미간을 찌푸리자 형사는 업무추진비가 약하다고 투덜거리며 콜라를 단숨에 들이켰다.

"김인옥 씨, 이경철이 스파이인 거 알고 있었죠. 브로커 하면서 본업은 스파이 짓 한 정황이 여럿 발견됐어요."

"그래요? 전, 정말 몰랐어요. 하나원 모임에서 몇 번 만났을 뿐이라고 했잖아요."

"그런데 돈거래를 했다? 그 거래가 말입니다 참 이상해요. 간 기록은 있는데 돌아온 기록이 없는 게 여럿 있단 말이지."

인옥은 가슴이 철렁 내려앉았다.

"차차 주겠지 생각했어요."

"허, 좋아요. 일단 다 받았다는 말은 거짓이었다

는 거네. 본인은 아들도 있고, 어머니와 언니도 생존해 있던데."

신원 공개는 북한에 남아 있는 가족의 신변안전을 위해 하지 않는 것이 원칙이었다. 그러나 그는 인옥의 인적 사항을 꿰뚫고 있었다.

"리경철의 월북과는 상관없는 사람들이에요."

"전혀 상관없는 일이 아닐 수도 있으니까 물어보는 겁니다. 이경철에게 협박받은 적 없어요? 그동안 탈북민에 관한 정보수집을 치밀하게 해왔어요."

리경철이 그걸 보위부에 넘겨서 북쪽 가족을 협박하는 일에 사용했고, 탈북민들에게 돈도 뜯어내고 스파이 짓도 시켰다는 것이다. 인옥은 설마 동포에게 그렇게까지 해코지하려 했을까 싶었다. 자신이 건넨 돈이 충성 금액으로 쓰였을 가능성은 있지만 그가 탈북민들을 협박했다는 말은 믿어지지 않았다.

"그런 적 없습니다. 혹시 절 간첩으로 의심하는 건가요? 그래서 자꾸 이렇게 찾아오시고… 억울해요."

인옥은 눈물이 흐르는 걸 그대로 두었다.

"뭐 두고 봐야겠지만, 앞으로 협박을 받을 수도 있으니깐 그땐 곧장 알려야 할 겁니다. 새 가정의 평화를 위해서."

이중 스파이를 하라는 협박이었다. 형사는 턱을 앞으로 내밀고 고개를 끄덕였다. 신속하고 긍정적인 확답을 요구하는 몸짓이었다. 인옥은 고개를 끄덕이고 말았다. 그의 손아귀에서 한시라도 벗어나고 싶었다.

"남편한테는 비밀 지켜주세요."

스칼렛 오하라. '바람과 함께 사라지다'에서의 여주인공은 중국에 있을 때 복제 DVD로 만났다. 춘절 동안은 공장 문을 닫았기 때문에 노동자들도 쉴 수 있었다. 그들은 숙소에서 주인 없는 해묵은 DVD를 보며 고단한 몸과 향수를 달랬다. 오하라의 눈은 에메랄드 보석 같았다. 싸구려 반지와는 다른 기품 있는 푸른색이었다. 그녀의 영리한 눈빛이 흐릿한 화면을 뚫고 나와 인옥을 사로잡았다. 인옥은 고향 땅 타라를 지켜낸 오하라의 투지력을 갖고 싶었다. 늙은 남자와 돈 때문에 결혼한 오하라의 뻔뻔함은 가난으로부터 가족을 건사하기 위한 처절한 몸부림이었다. 누가 그녀를 욕할 수 있겠는가. 인옥 또한 가족을 굶기지 않기 위해, 준이를 한국에 데려오기 위해, 돈이 되는 일이라면 뭐든 했다. 중국에서의 생활은 말이 해외 노동자였지 노예나 다름없었다. 그들은 탈출 가능성 때문에 늘 감시 속에 있었는데, 가장 억울한 건 일한 만큼의 임금을 받지 못한다는 거였다. 중국 업자들은 숙련된 노동자를 값싼 임금으로 부릴 수 있었으니 일거양득이었다. 그저 외화벌이 수단이었던 그들은 임금의 90퍼센트를 북한 정부에 빼앗기고, 나머지 10퍼센트를 가족에게 보내고 나면 무일푼이 되었다. 노동자들의 형편을 알고 있는 중국 업자들은 교묘하게 성매매를 알선했다. 좀 젊은 여자들은 바깥나들이를 핑계로 밤이면 손님을 받으러 나갔다. 그 일은 살기 위한 최후의 수단이었기에 알면서도 서로 모른척해 주었다. 인옥 또한 몸을 팔아 모은 돈으로 마침내 탈출에 성공할 수 있었으니 어찌 보면 그녀에게 새 인생을 살 수 있게 해준 건 재봉이 아니라 그 밤노동이었다.

내일은 내일의 태양이 뜬다고 했는데, 인옥은 리경철의 사건으로 점점 자신감이 없어졌다.

"요즘 왜 이렇게 늦지?"

남편은 잔뜩 화가 나 있었다.

"당신, 꼭 회사를 나가야 해? 난 저녁은 집에서 먹고 싶었어. 승규 엄마 죽고 지겹도록 국밥만 먹었다구."

남편은 갑자기 낯설게 굴었다. 밥상을 차려 놓고 퇴근하는 남편을 기다리는 아내가 가장 사랑스럽다는 한성호를 인옥은 물끄러미 쳐다봤다.

"이제 승규 결혼 준비도 해야잖아. 그러니 관둬."

남편의 심상을 건드리지 않으려면 그만둔다고 해야 옳았다. 그러나 인옥은 그럴 마음이 없었다.

"날 밥하는 아줌마로 생각하는 아인데 할 거라도 있었으면 좋겠네요."

"밥을 얼마나 해 먹였다고 그래? 제대하고 집에 있는데 기회가 좀 좋아. 맛있는 것도 해주고 말벗도 하면서 친해지면 좋잖아. 여자가 얼마나 번다고, 애 결혼할 때까지라도 집에 있어."

"저녁 몇 번 안 차려 줬다고 이래요? 그동안 살림을 소홀하게 살지도 않았어요. 직장 다니는 것까지 이래라저래라 안 했으면 좋겠어요."

"뭐랏, 이게 어디서 말대꾸야?"

남편은 손을 치켜들더니 그대로 인옥의 뺨을 향해 내리쳤다. 휘청하며 바닥으로 넘어지는 몸을 향해 발이 폭력적으로 다가왔다. 인옥은 자지러지게 기침을 하며 무릎을 모았다. 너부죽한 발이 무릎 쪽으로 닿았다가 멈칫했다. 잠시 정적이 흘렀고, 남편은 담배를 찾아 호주머니에 넣고는 밖으로 나가버렸다. 그녀는 부르르, 몸을 떨었다. 한성호라는 사람의 감춰진 모습이 더 이상 드러나지 않기를, 한 번의 실수

였기를, 간절히 빌었다. 거실 유리창에 검은 머리칼을 한 가닥으로 묶은 여자가 비쳤다. 여자는 태풍의 중심부에 갇힌 작은 새처럼 파르르거렸다. 서늘한 기운이 돌았다. 그 소란에도 승규는 자기 방에서 꿈쩍하지 않았다. 한성호의 울타리에 들어와 가꾼 행복이 찰나의 순간에 불과한 것일까, 그녀는 고개를 저었다. 이까짓 일로 그와의 결혼생활을 끝낼 수는 없었다. 삶의 조건에 굴복했다면 여기까지 오지도 못했을 거였다.

  인옥은 소파로 가서 풀썩 내려앉았다. 텔레비전에서는 코미디 프로가 방송되고 있었다. 딴 세상에서 벌어지는 저 유쾌한 촌극처럼 근래에 일어난 모든 일이 연극이었으면 싶었다. 거실 테이블 위에 아침에는 없었던 낯선 카드가 놓여 있었다. 그녀는 장미꽃이 그려진 하얀색 카드를 무심하게 펼쳤다. 아들 한승규가 한 번도 보지 못한 이미리라는 아가씨와 결혼한다고, 알리고 있었다. 혼주로 적힌 김영자, 승규의 큰어머니가 눈에 들어왔다. 김인옥이라는 이름은 어디에도 없었다. 한씨 집안에서 그녀는 드러내기 부끄러운 탈북녀에 불과했던 것이다. 인옥이 두 주먹을 꼭 쥐었다. 그래도 나는 한 씨 가족으로 살 것이야!

비는 그치고 밤이 깊게 가라앉았다. 열린 베란다 창문 너머로 별이 반짝였다. 인옥은 베란다로 나갔다. 아스라한 그곳에서 조용히 반짝일 준이를 생각했다. 열다섯 살의 남자아이는 어떤 모습으로 서 있을까. 초능력을 살 수만 있다면 영혼을 팔아서라도 저편으로 다녀오고 싶었다. 시간이 멈춘다면. 잠시 우주의 움직임이 멈춘다면, 팔을 뻗었다. 아이는 쭉정이만 남은 볏단을 마른 손으로 훑고 있었다. 인옥이 다가가 아이를 품 안으로 넣었다. 정수리에서 볏짚 향이 났다. 조금만 더 이렇게 있자 아가. 세차게 흐르는 달빛이 자꾸 적막을 깨우려고 했다. 제발, 조금만 더 이렇게 있어. 그녀는 자꾸 멀어져가는 아이를 꼭 붙잡았다.

동지들

아파트 생활지원센터 직원은 입주민을 보살피는 집사와도 같습니다. 우리의 기본 업무는 전기, 수도, 난방, 화재경보, 공기정화 시스템 등 세대 내 시설은 물론이고 조경, 주차장, 승강기, 분리수거장에 이르는 주거 전반에 걸쳐 입주민이 거주하는 데 있어 불편 사항이 없도록 관리하는 것입니다. 불철주야 노력해주신 여러분들 덕분이겠습니다만, 이번에 '강남구 살기 좋은 아파트'에 선정될 수 있었던 것은 입주자 대표 회장님이 추진하신 쾌적한 환경 조성사업의 결과라고 생각합니다. 특히 출입 인증시스템의 경우는 로열아파트가 명품아파트로 거듭나는 데 일조했다고 할 수 있어요. 다들 아시겠지만, 새로운 지문인식기를 도입하는 과정에서 초과 경비지출 문제로 반대했던 몇몇 입주민들도 이제 호의적으로 돌아섰습니다. 회장님께서 연임 의사를 밝힌 이유가 여기에 있습니다. 이런 핑크빛 무드를 타고 이번 선거공약으로 3대 환경 구축안을 내놓으셨습니다. 지원센터 직원들이야 선거에 중립을 지켜야 하겠습니다만, 구관이 명관이라는 말이 있지 않습니까?

관리소장이 이야기를 시작하면 그 끝을 짐작할 수 없었다. 뒷이야기의 요지는 대략 이러했다. 현 회장이 재선되어야만 명품아파트를 유지할 수 있게 될 거라는 거였지만, 실은 새로운 인물이 선출된다면 새로운 관계 형성을 해야 할 것이고, 업무도 많은데 우리가 그런 것까지 신경 쓸 필요가 있느냐는 거였다. 그런 수고를 끼칠지도 모를 회장 후보는 외국대학 출신으로 유명한 로펌에 근무하고 있었다. 소장은 자신이 인간관계에 있어서 무척 유연한 사람이지만 법조인은 감당하기 어려운 면이 있다고 했다. 소장이 회장 선거에 아무리 열을 올려도 직원들은 그래서 어쩌라고? 하는 표정으로 눈동자는 창밖을 향해 있었다. 조회가 길어지자 직원들은 대놓고 핸드폰을 만지작거리기 시작했다. 회장이 누가 되든 관심을 가질 하등의 이유가 없었다. 어쨌든 입주자 대표회장과 얼굴을 부딪쳐야 할 사람은 소장이었다.

일주일 전, 각 동의 엘리베이터 안에 선거홍보물이 붙었다. 선거운동 기간은 일주일이었다. 투표일을 하루 앞두고 회장 후보들의 처음이자 마지막 연설 방송이 있을 예정이었다. 조회가 끝나고 방송 장비를 점검하고 있는 나를 소장이 부른 건 방송을 두어 시간 앞둔 때였다.

온·오프에 문제는 없지요?

소장은 스위치를 작동해보더니 요즘 어려운 점이 없는지 불쑥 물었다. 나는 인간관계에 있어서 슬기롭지도 유연하지도 않아서 소장이 살갑게 다가오면 당혹스러웠다. 그간 소장을 지켜본 바로는 절대로 이유 없이 친절을 베푸는 사람이 아니었다.

  로열아파트 생활지원센터 상용직으로 들어온 건 일 년 전쯤이었다. 해마다 계약 연장을 해야 하는 부담감은 있었지만, 주야간을 일주일 간격으로 교대하는 조건이 겹벌이하기에는 안성맞춤이었다. 야간근무하는 주에는 오전에 경매장에 나가 경매에 참여할 수 있었다. 출근 첫날 소장은 밑도 끝도 없는 질문을 해왔다.
  신 과장, 퇴직금은 어떻게 굴리고 있어요?
  소장이 인사 담당자였으니 내 인적 사항이야 유리알처럼 꿰뚫고 있을 터였다. 전 회사에서 12년을 근무했으나 퇴직금은 얼마 되지 않았다. 전세금을 올려주느라 중간 정산을 해버려서다. 거짓말할 이유도 없어 털어놓았더니 소장이 소탈하게 말했다.
  젊은 사람이 착실하네. 요즘 젊은 사람들 집도 없으면서 외제 차 끌고 다니잖는가.

소장이 외제 차 부분에서 입에 거품을 물어서 내 차가 벤츠라는 건 말하지 않았다. 그렇게 신상털이로 시작한 젊은 사람에 대한 관심은 재테크 비법 전수로 이어졌다.

워런 버핏과 3시간 점심 먹는 데 얼만지 아는가? 자그마치 210만 달러에 낙찰되었어.

소장 자신은 소박하게 100만 원은 될 것이라고 했지만 나는 만 원짜리 점심도 살 생각이 없었다. 그 소박한 정보를 알려주는 건 내게 특별히 애정이 가서라고 했다. 외할머니 성씨가 신 씨라나. 소장은 내 옆에 바투 앉아 깨알 같은 정보를 알려주었는데, 전문가 못지않은 경제 지식을 가지고 있었다. 또 주식 투자로 번 돈으로 집을 샀던 일이며 펀드로 어떻게 돈을 불렸는지 자랑했다. 각종 채권에 대한 지식도 상당했는데, 요즘 매력적인 투자처가 있다고 운을 뗐다.

첫 출근이니까 특별한 선물을 줘야지. 자네도 부자가 되고 싶을 거야. 안 그런가?

소장의 말에 귀가 솔깃했다. 나는 45세가 되기 전에 집 한 채 장만하는 것이 목표였다. 경매장에 나가는 이유도 값싼 물건이 나올 때를 기대해서다. 나는 안전 투자를 선호하는 편이라 주식이나 펀드 같은 유동성 상품에는 투자해 보지 않았다. 어쭙잖게 투자했다가 손실을 보는 것보다야 안전한 은행이 좋았다. 그래서 아내에게 늘품 없다는 핀잔을 받는다. 아내가 동창회나 학부모 모임에서 누가 주식으로 대박이 났다는 이야기를 물고 오는 날이면 고스란히 지청구를 들어야 했다. 빚 없이 마음 편히 사는 것이 최고라고 하면 아내는 빚 있는 집주인의 행복 지수가 훨씬 높을 거라며 이견을 달았다. 아내 등쌀에 어디 가서 재무설계를 받고 싶어도 큰돈이 수중에 있어 본 적이 없었다.

재무설계를 부자들이나 받는 고급 정보서비스라고 생각하는데 큰 오해야. 오히려 박봉에 시달리는 월급쟁이들이 받아야 한단 말이지. 매달 들어오는 월급을 어디에 어떻게 쓰는지 가슴에 손을 얹고 생각해 보게.

소장 말대로 가슴에 손을 얹고 따져 봐도 생각 없이 쓴 지출은 없었다. 우리 집 형편에 과소비했다면 친구 놈한테서 헐값으로 넘겨받은 벤츠였다. 중고라도 벤츠는 벤츠여서 아내는 무척 좋아라했다. 소장은 돈의 속성에 관해 이야기를 이어갔다.

왜 돈이 모이지 않고 깨진 독에 물 붓듯 사라지는지 아는가? 종잣돈 모으기가 힘들어서야. 돈이 돈을 부른다는 말이 있지 않은가. 종잣돈만 있다면야 돈 벌 기회는 차고 넘치지.

어찌 보면 맞는 말이었다. 경매장에서도 물건은 차고 넘쳤다. 마음에 든 집을 눈앞에서 놓친 적이 한두 번이 아니다. 행운은 값을 가장 높게 부르는 사람에게 돌아갔고, 내가 적어낸 액수는 예상 금액에서 한참 못 미쳤다. 나는 기대에 차서 물었다.

그 차고 넘치는 기회가 내게도 올까요?

다행히 얼마 안 되는 퇴직금이 내게 있었다. 그때 소장이 내 손을 덥석 잡았다. 따뜻했다.

집주인이 될 길을 열어줄 사모펀드의 이름이 무척이나 생소했다. 소장은 명함을 한 장 주면서 꼭 이 투자운용사에 가야 한다고, 다짐을 받았다. 이후 나는 소장의 동지가 되었다. 가끔 퇴근길에 술이나 한 잔 하자며 곱창집으로 끌고 갔고, 그때마다 입주자대표회장이 자리해 있었다. 우리의 건배사는 '한 배를 탄 동지'였다. 전혀 어울릴 것 같지 않은 세 사람의 동석은 불편했으나 내게 이유 모를 안도감을 안겨주었다. 집주인이 된 것 같은 기분이랄까.

신 과장, 자네가 쪼매만 신경 써주면 안 되겠나?

소장은 대의를 위해 쓰는 작은 반칙은 화이트 거짓말과 같은 것이라고 했다. 그 말은 묘하게 과정은 무시해도 괜찮다고 생각하도록 만들었다. 방법 모색은 전적으로 내 몫이었다. 그러나 나는 이미 눈치채고 있었다. 방송 스위치를 점검하는 소장의 손끝에서 힌트를 얻었으니까. 소장이 말했다.

우리는 동지야, 가즈아!

그러면서 내 어깨를 꾹 눌렀다. 나는 그때 인간관계에 있어서 점점 유연한 사람이 되어가고 있음을 느꼈다. 함께 술잔을 기울였던 끈끈한 동지들 덕분이다.

선거 방송 시작 30분 전이었다. 현 입주자 대표 회장이 생활지원센터로 들어왔다. 감색 양복에 핑크빛 넥타이로 한껏 멋을 부린 그는 일흔이라는 나이가 믿기지 않을 정도로 활기찬 모습이었다. 소장은 회장을 자신의 집무실로 안내했고 깍듯하게 상석을 권했다. 회장은 만면에 웃음을 띠고 자기 자리인 듯 다리를 꼬고 앉았다. 우리 세 동지는 서로 일면식도 없는 사람처럼 멋쩍게 시선을 처리하고 있었다. 곧이어 장차 소장에게 수고를 끼칠지도 모를 기호 2번 회장 후보가 직원의 안내를 받으며 들어섰다. 청바지에 정장 재킷을 받쳐 입은 편안한 차림이었다. 회장과 소장은 그의 옷차림이 못마땅한 듯 잠시 흘겨보다가 쩝, 입맛을 다셨다. 나는 회장과 소장이 어머니가 다른 이복형제가 아닐까 의심하기도 했다. 반쯤 벗어진 머리와 뭉툭한 코가 무척이나 닮았고, 최애 음식이 곱창이라는 점, 술잔을 비우며 코를 찡그리는 모습까지 흡사했다.

두 회장 후보는 격하게 악수했다. 서로 웃고 있었지만 손아귀에 잔뜩 힘이 들어가 있었다. 소장은 의례적인 인사말로 부드럽게 분위기를 끌고 나갔다.

훌륭하신 입주자 대표회장 후보님들 덕분에 주민들의 관심이 예전 선거 때보다 훨씬 높습니다. 두 분 인품에 대한 문의 전화도 많았고요. 그동안 우리 센터 직원들이 고생이 많았습니다. 내일 날씨가 쾌청하다니 선거 참여율도 높을 것 같군요. 두 분, 복이 참 많으십니다. 하하!

확실히 소장은 사람의 기분을 말랑하게 만드는 힘이 있었다. 내가 소장과 동지가 된 것은 저런 베테랑다운 면모에 넘어갔기 때문인지도 모른다.

나는 방송 장비를 재차 체크하고 마이크와 스피커를 확인했다. 소장 집무실 안쪽 벽면에 설치된 방송 장비는 HD급이었다. 고음질 증폭기와 프로세서, 송수신의 다중 안테나로 세팅된 잡음 없는 음향을 자랑했다. 그러나 아무리 좋은 장비라도 민감한 부분 한 군데쯤은 있었다. 작은 반칙으로 이용하더라도 아무도 알아채지 못할.

그런데 내가 왜 작은 반칙을 해야 하지? 하는 의문이 문득 생겼다. 무슨 일을 추진하는 데는 반드시 당위성이 있어야 마땅하다. 내겐 핑계 같은 게 필요했으므로 굳이 찾아보자면 '가즈아' 때문으로 합리화시키기로 했다. 가상화폐가 급등세를 보이면 동지들은 가즈아를 외쳤다. 우리가 투자한 사모펀드는 가상화폐 채굴회사에 투자금을 운용하고 있었다. 사모펀드의 운용자는 입주자 대표회장이었다. 언젠가 소장이 회장과의 점심 식사를 경매에 부친다면 적어도 500만 원은 될 것이라고 했는데, 자신의 점심값을 소박하게 100만 원이라고 한 건 회장이 한 수 위임을 인정한 것이다. 그래서 소장은 늘 회장 말에 귀를 기울였고, 나는 두 사람의 투자 기술을 전수받으려고 안달했다. 내가 투자한 종잣돈이 그 기회를 만들어줄 것이라 기대하면서.

사실 비공개 회사의 주식에 투자하는 사모펀드에 퇴직금을 덜커덕 넣고는 불안에 떨었다. 그 흔한 증권계좌 하나 없었던 소심한 사내의 심장은 가상화폐의 시세 등락에 따라 요동쳤다. 그러나 곧 쫄깃거리는 재미에 빠져들어 갔다. 나는 투자에 대한 확신이 있었다. 현재 가상화폐 종류가 비트코인을 시작으로 295가지로 불어났고, 거래소도 21군데나 되는 데다, 모든 가상화폐가 채굴기로 화폐를 캔다는 공통점은 확실한 투자처라는 사실을 입증하는 것이다.

입주자 대표회장은 가상화폐 신봉자였다. 2009년 비트코인의 최초 가격은 채굴에 따른 전기비용으로 환산해 1달러에도 못 미쳤다. 2010년에는 가상화폐가 실제로 사용되기도 했다. 프로그래머였던 라슬로 한예크는 연산처리 장치인 GPU 기반의 컴퓨터로 비트코인을 채굴했는데, 그는 1만 비트코인으로 라지 사이즈 피자 2판을 배달시켜 먹었다. 7년

후 비트코인의 가치는 54배나 올랐다. 15달러짜리 피자 두 판을 팔고 1만 코인을 받은 사람이 217억의 자산가가 된 셈이다. 이후에도 비트코인 가격은 등락을 거듭해오면서 한 방을 노리는 치들에게 매력적인 투자처가 되었다. 그러니 확실히 미래의 화폐가 될 수도 있겠다는 생각이 들었다.

회장은 비트코인이 최고가를 찍었을 때 코인 하나로 소형차 한 대를 살 수 있다고 기뻐했다. 초창기에 가상화폐 시장에 뛰어들어 톡톡히 재미를 보았던 회장에 비해 후발주자였던 소장의 실적은 그리 좋지 않았던 것 같다. 비트코인 이야기가 나오면 기운 빠져 했으니까. 그러니 등락이 심한 가상화폐보다는 마음 편하게 채굴회사에 투자하는 편이 안정적이라는 계산이 나왔다.

각 후보자에게 5분의 연설 시간이 주어졌다. 기호 1번인 현 입주자 대표회장은 '주민과 소통하며 만들어가는 명품 로열'이라는 캐치프레이즈로 포문을 열었다. 그는 안전하고 쾌적하고 편리한 아파트를 만들겠다는 3가지 환경 구축안을 내놓았다. 구체적인 계획도 밝혔는데 딱 내가 살고 싶은 아파트였다. 고화질 CCTV 교체, 보안 강화, 아름다운 산책로와 수변공원 조성, 주차장 슬라이딩도어 설치, 커뮤니티 시설 증설을 약속했다. 현 회장은 재원확보도 문제없을 거라며 VIP로 살고 싶다면 자신을 선택해야 할 것이라고 설득했다. 그의 연설은 달콤해서 로열아파트 입주민이 되어 하루를 살아보는 상상을 하게 만들었다. 아침에 벤츠를 몰고 나가면 슬라이딩도어가 열리고, 퇴근 후에는 아내와 헬스장에서 운동하고 사우나로 피로를 푸는 입주민의 하루. 생각만 해도 웃음이 나왔다. 그래서 투자한 종잣돈이 대박 나면 로열아파트에 입성하기로 마음먹었다. 나는 예비 입주민으로서 건의 사항이 있었지만 현 회장이 재선되면 축하 인사로 건넬 생각이었다.

현 회장의 연설이 끝나고 기호 2번 회장 후보가

마이크 앞에 자리하자 갑자기 손이 떨려왔다. 아직 내 심장은 다양한 스릴을 즐길 만큼 단련되지 않았다. 기호 2번 회장 후보는 투명한 재정관리를 약속하고 나섰다. 예비 입주민으로서는 당연히 귀 기울여야 할 대목이었다.

로열아파트가 명품아파트로 거듭나기 위해서 현 입주자 대표회장님의 기획으로 여러 사업이 추진되어왔고, 앞으로도 예정되어 있습니다. 일련의 사업 시행과정에서 공사 용역의 입찰 부정행위와 이중계약서 의혹 등 몇 가지 불미스러운 잡음이 있었던 것도 사실입니다.

기호 2번 회장 후보는 담담히 연설을 이어갔고, 현 회장과 소장의 얼굴에 핏기가 사라지고 있었다.

사실대로 말하면 두 동지는 철저히 지인들을 관리했다. 그들은 자신들이 만든 인력풀을 적재적소에 활용해왔다. 수시로 시설 정비공사를 계획했고, 입찰공고를 내더라도 특정 업체를 낙찰시켜 이중계약서를 작성해 부당이익금을 나눠 가졌다. 그러나

이런 의혹이 제기될 때마다 아파트 부대시설 고급화 계획으로 주민들의 관심을 유도했다. 출입문 지문인식 시스템을 도입했을 때도 입찰보증서를 보여주며 의혹을 '카더라'설로 일축했었다.

소장은 내게 눈짓으로 잠시 잊고 있었던 작은 반칙을 상기시켰다. 나는 자석에 이끌리듯 스피커 앞으로 다가갔다. 그때 운영비 부당 처리행위가 16건이나 된다는 기호 2번 회장 후보의 격앙된 목소리가 내 심장에 박혔다. 나는 핸드폰의 음향 키를 최대치로 올리려다 멈추었다.

로열아파트의 재정수입은 어마어마했다. 3천 세대에서 나오는 장기수선충당금이 차곡차곡 쌓였고, 원금에 붙는 이자수익 또한 만만치 않았다. 관리비 과다 징수까지 있었다. 가구당 100원을 징수한다고 쳐도 매월 30만 원이, 1년이면 360만 원이 눈먼 돈이 되는 것이다. 잡수입으로도 상당한 액수가 들어왔는데 재활용품 처리, 알뜰장터 운영, 시설임대 수입 등은 정확한 회계처리를 피할 수 있는 좋은 수입

거리였다. 현 회장과 소장이 부당수입을 어떤 식으로 올리는지 명확하게 알 수는 없었다. 뒤처리를 실수 없이 처리하는 편이었다. 그러나 생활지원센터에는 많은 업자가 들락거렸다. 무슨 처리회사, 무슨 시스템 회사 등. 소장이 뒷돈을 받는 장면을 목격했을 때 소장이 말했다.

신 과장, 자넨 아직 좀 더 배워야 하네. 일은 차차 가르쳐주겠네.

그때 사모펀드에 투자한 내 종잣돈이 그들의 부정을 모른척하라고 속삭였다. 나는 그들의 비밀사업에 끼어들 만큼의 배짱이나 처세술도 없으면서 좀 더 큰 액수의 종잣돈을 만들 수 있을 거라는 야망을 품었다.

그랬는데 양심의 소리가 들려온 것이다. 생활지원센터의 직원으로서 할 일을 다 했는가, 묻고 있었다. 나는 단지 투자자로서 동지로 불리었지만 돌이켜보면 그들이 만든 인력풀의 한 사람이었을 뿐이었다. 그러니 이제는 예비 입주민의 편에 서야 할 것 같았다. 핸드폰을 쥔 손에 땀이 배어 나왔다. 나는 핸드폰을 오른손으로 바꿔 쥐었다.

소장이 재차 눈짓했지만 기호 2번 회장 후보는 멋지게 마무리 멘트를 하고 있었다.

저는 약속합니다. 관리비 수입과 그 사용처를 입주민들에게 낱낱이 공개할 것이며, 투명한 회계처리를 통해 효율적인 아파트 재정관리정책을 펼치겠습니다.

나는 핸드폰의 전원을 꺼버렸다. 핸드폰 볼륨을 올렸더라면, 그래서 스피커 가까이에 대고 있었더라면, 잡음 섞인 기호 2번의 연설이 각 가정으로 전달되었을 것이다. 그 작은 반칙은 완전 범죄가 되었을 것이다. 그러나 그렇게 하기 싫었다.

선거 방송은 끝이 났다. 소장은 황당한 표정이었다. 현 회장이 그런 소장의 어깨를 두드리며 고개를 끄덕였다. 유연하지 못한 동지의 실수를 이해해주자는 표현일 거라고, 안도하고 있을 때 기호 2번 회장 후보가 악수를 청해왔다. 나는 당황해서 핸드폰을 떨어뜨릴 뻔했다. 그는 내 손을 모아 잡고 다독였다. 출근 첫날 소장의 손도 참 따뜻했었다.

   현 회장은 기호 2번 회장 후보와 이야기를 나누고 싶어 했다. 상석에 앉으면서 그에게 마주 보는 자리를 권했다. 나는 소장의 따가운 눈총을 피해 마실 차를 준비하러 나갔다. 기호 2번 회장 후보는 무슨 차를 좋아할까 고민하다가 아이스 아메리카노 한 잔과 박카스 두 병을 쟁반에 받쳐 들고 소장 집무실로 들어갔다.

   일이야 젊은 사람이 잘하겠지. 그런데 너무 급해. 노련미가 없어.

   현 회장의 말에 소장이 고개를 끄덕였다. 소장은 초조해 보였다. 자신에게 수고를 끼칠지도 모를 사람에 대한 호기심 때문인지 기호 2번의 인상을 살피고 있었다. 아니, 경계심 때문인지도. 기호 2번 회장 후보는 우리 동지들에게 관심이 전혀 없었다. 아이스

아메리카노를 한 번에 들이키더니 자리에서 일어났다.

잘 마셨습니다.

그는 내게 인사를 하며 웃어 보였다. 현 회장은 아직 궁금증이 남은 듯 기호 2번 회장 후보를 주저앉힐 요량으로 물었다.

로펌 일이 바쁘시죠?

네, 채굴단 일로 좀 바쁘게 생겼습니다.

그러자 현 회장이 의기소침하게 물었다.

요즘에도 금광 도둑들이 있습니까?

기호 2번 회장 후보가 크게 웃었다.

하핫, 비슷한 놈들이긴 하죠. 새벽에 가상화폐 채굴단을 적발했어요. 기흥의 한 산업단지에 비밀 입주해서 채굴하는 척만 하고 다단계로 투자자를 모집했다는군요. 중고 컴퓨터 50대로 사기 행각을 벌인 겁니다.

기호 2번 회장 후보의 말이 끝남과 동시에 소장이 현 회장에게로 돌진했다. 눈 깜짝할 사이에 도마뱀이 긴 혀로 파리를 채가듯 현 회장의 목을 감았다.

그러고는 욕을 퍼부었다. 나는 심장이 요동치는 소리를 가만히 듣고 있었다. 역시 구경거리로는 싸움만 한 것이 없었다.

나는 현 회장에게 욕을 해야 할지 소장에게 욕을 해야 할지 몰라 잠시 혼돈에 빠졌다. 그때 왜 작은 반칙이 떠올랐는지 모른다. 내가 소장의 동지라는 걸 잠시 잊고 있었음을 상기했다. 나는 소장이 선거방송 내내 원했던 가장 쉬운 반칙을 택했다. 혼돈은 자신감을 넘치게 만들었고, 나는 과감하게 스피커의 전원을 올렸다.

ON.

그러고는 핸드폰 검색창에 실시간 검색 1위로 뜬 가상화폐 채굴단 기사를 클릭했다. 머리기사를 장식한 허상이라는 글자를 발견하는 순간 내 손에서 핸드폰이 빠져나갔다. 액정 깨지는 소리가 났고, 실금 사이로 하얀 실 같은 연기가 피어올랐다. 나는 내 종잣돈이 연기처럼 날아가 버린 걸 깨달았다.

생활지원센터로 전화가 빗발쳤다. HD급 음향을 자랑하는 로열아파트의 방송시스템이 현 회장과 소장의 난동질을 잡음 없이 전달한 것이다. 부녀회장의 노여움은 그야말로 하늘을 찔렀다. 상식이 있는 사람들이 공개방송에서 어떻게 욕설을 하며 주먹다짐을 할 수 있느냐는 거였다. 자신들은 로열에 걸맞은 품위 있는 관리소장과 입주민 대표회장을 원한다며 일침하고 전화를 끊었다. 그러고도 여러 번 전화를 받아야 했는데 애꿎게도 직원들이 돌아가며 욕을 한 바가지씩 얻어먹어야 했다. 현 회장은 뒤꽁무니를 뺐고, 기호 2번 회장 후보는 슬쩍 자리를 피했다. 딱한 처지에 놓인 건 도망갈 수도 없는 소장이었다. 얼굴은 홍당무가 되어 삐질삐질 땀을 흘리며 입주민 동대표 위원들에게 일일이 사과 전화를 해야 했다. 내용은 아주 간단해서 소란을 피워 죄송합니다, 오해입니다를 무한 반복하는 것이었다. '카더라'설로 무마하기에는 이번엔 증거가 너무 적나라했다. 선거 결과는 보나마나였다.

내 머릿속에는 온갖 것의 물질적 가치와 도덕적 가치가 뒤섞여 갈피를 잡을 수 없었다. 나는 혼돈을 정리해야 했다. 돌이켜보면 도덕적 가치를 우선시하며 살아왔지만 물질적 가치를 후순위에 둔 적도 없었다. 실제적으로는 물질을 끔찍이도 사랑하며 살아왔다. 중산층의 기준이라고 할 수 있는 자가 주택자 명단에 오르기 위해 현재까지 노력하고 있지 않나. 아내의 소원은 종합부동산세 고지서를 받아보는 것이었다. 남들 다 가는 해외여행도 사치라 여기고 미루었다. 가구 하나 전자제품 하나 바꾸는 일도 저울질하며 살아왔다. 그러나 중산층으로의 진입의 벽은 한없이 높았다. 내가 가진 사다리는 너무 낮았다.

동지들의 삶을 들여다보면 확실히 달랐다. 돈 되는 일을 좇았고 도덕성 따위는 따지지 않았다. 술이 거나해지면 개같이 벌어서 정승처럼 쓰자고 노래 불렀다. 평범한 월급쟁이로 살아온 나는 그 개같이 버는 방법에 노련하지 못했다. 기회를 잡지 못한 것인지 타고난 재운이 없는 것인지 의문을 가지기도 했다.

월급의 3할을 꼬박 저축해도 뱁새가 황새 쫓아가는 심정이었으니까. 불쑥불쑥 올라가는 집값을 목이 빠져라, 쳐다볼 수밖에 없었다.

사모펀드 사기 사건이 일어났는데도 나는 왜 소장처럼 입주민 대표회장의 멱살을 잡지 못했을까. 아니, 두 동지의 멱살을 잡고 쥐어흔들었어야 옳았다. 나는 두려웠다. 그건 곧 실패를 인정하는 꼴이어서 현실을 부정해야만 했다. 나는 장차 소장에게 수고를 끼치게 될 새 회장과 내 종잣돈에 관해 이야기 나누고 싶었다. 그 사람이라면 막다른 골목길에 들어선 나에게 친절한 길 안내자가 되어줄 것 같았다. 사실 후보 신청서를 가득 채웠던 그의 화려한 이력을 보면서 나는 일찍이 존경심을 가졌다.

한바탕 전화와의 전쟁을 치른 소장이 조심스럽게 나를 불렀다.

신 과장은 이번 사태에 대해 어떻게 대처해야 할 것 같은가?

나는 되물었다.

어떻게 하실 건가요? 설마 제 투자금을 모두 잃는 건 아니겠죠?

소장은 '우리 투자금'이라고 정정해 주었다. 나는 그 말이 적이 안심되었다. 소장이 믿음직스럽기까지 했다. 그는 돈을 떼일 사람이 절대 아니었다. 어떻게든 우리의 투자금을 돌려받아낼 것이다.

우리 투자금을 돌려받을 방법을 생각해봤는데 말이지, 새 회장이 딱 떠오르더라고.

소장 또한 선거 결과를 단정 짓고 있었다.

그러니 술 한 잔 해야겠지?

소장의 입가에 잔잔한 웃음이 돌았다. 역시 소장과 나는 동지였다. 나는 새 회장에게 전화를 걸었다.

무슨 일이십니까?

새 회장의 말투는 까칠했다. 일개 관리소 직원이 개인적으로 만나고 싶다는 말에 방어적인 태도를 보였다.

저어, 소장님이 긴히 의논할 일이 있으시답니다. 긴 이야기는 곱창집에서 하시죠.

곱창집요?

새 회장이 반문했다. 그제야 그가 해외파라는 사실을 깨달았지만 소장이 손목을 까닥이며 밀어붙이라는 시늉을 했다.

멋보다는 맛으로 승부하는 단골 곱창집은 이른 저녁이었지만 불판마다 곱창이 지글거리며 매캐한 연기를 피워내고 있었다. 새 회장은 코를 막으며 마른기침을 해댔다. 처음 곱창집을 방문했을 때가 떠오른다. 이젠 그 누린내 나는 연기를 사랑하게 되었지만 문득 내 삶은 그때나 지금이나 기름지지 않다는 생각이 든다. 소장은 곱이 두툼한 소곱창을 특별 주문했고 새 회장에게 회장님이라는 호칭을 깍듯하게 붙이며 술잔을 권했다.

회장님, 코피보다야 술이죠. 그래야 서로 가까워지지 않겠습니까? 앞으로 매일 얼굴을 봐야 할 사인데 말입니다. 하핫!

소장은 술도 들어가기 전에 뭉툭한 콧등부터 붉어졌다. 나는 얼굴이 간질거려 아직 덜 익은 곱창을 앞뒤로 뒤적였다.

선거는 내일인데 벌써 회장이라뇨.

새 회장은 당황스러워했으나 그리 싫은 표정도 아니었다.

결과야 뻔하지 않겠습니까? 그 난리를 쳤는데.

소장은 술잔을 비우며 코를 찡긋거렸다. 나는 고개를 끄덕이며 고슬하게 구워진 곱창 한 점씩을 소장과 새 회장의 앞접시에 놓았다. 소장이 그걸 날름 입에 넣으면서 곱창 예찬론을 펼쳤다.

요것만큼 매력적인 음식이 없어요. 기분이 구질구질할 때 요 야들한 곱을 씹으면 마누라 젖가슴 만지는 것마냥 기분이 야들야들해진다니깐요. 하핫!

그러면서 눈을 감고 천천히 음미하며 곱창을 씹었다. 나는 괜스레 얼굴이 붉어졌다. 새 회장이 나를 쳐다보며 싱긋 웃었다. 그의 미소를 보자 몸이 달았다. 이야기를 시작하면 그 끝을 알 수 없는 소장의 용두사미식 화법을 새 회장이 참아낼 수 있을지 걱정되었다. 느긋하게 구는 소장을 한 대 패주고 싶었다.

새 회장은 젓가락을 거의 놓고 있었다. 소장이 새 회장의 앞접시에 곱창 몇 점을 올려주며 말했다.

회장님, 이렇게 눈을 감고 음미해서 씹어 보세요. 곱창의 참맛을 알 수 있을 겁니다.

그래도 새 회장은 젓가락을 들지 않았다.

네에, 그 참맛이야 차차 알게 되겠죠. 그보다는 두 분의 용건을 먼저 듣고 싶습니다만.

새 회장의 승낙이 떨어지자 기다렸다는 듯 소장이 입에 기름을 물고 현 회장의 욕을 해댔다.

죽일 놈의 회장이 우릴 감쪽같이 속였단 말입니다. 그게 깡통 컴퓨터인지 꿈에도 몰랐다니까요.

현 회장의 호칭은 그때부터 죽일 놈으로 바뀌었다.

사모펀드라는 것이 소수의 투자자로부터 모은 자금을 운용하는 펀드라 위험부담이 크죠. 그래서 대개는 지인들로부터 자금을 끌어모아 시작하게 되는데 돈을 굴릴 투자처가 불확실하면 수익을 낼 수가 없습니다. 이익이 난다면야 어떤 대상에도 투자할 수는 있지만, 그 수익률이 일정하지 않다는 게 문제죠. 더 큰 문제는 운용사가 수익률이나 그 위험성을 보장하지도 않아요. 들어보니 두 분께서는 블라인드 투자조항을 간과하신 것 같습니다.

새 회장은 우리의 투자금이 어떻게 불확실한 투자처에 운용되었는지를 조곤조곤 설명해 주었다. 어쨌든 결론은 가상화폐 채굴은 허상이었고 블라인드 투자는 눈먼 돈이 된 것이다. 295가지나 되는 가상화폐가 채굴되어 바닥이 나면 누군가 또 새로운 화폐를 만들어내는 식으로 가상화폐 시장은 덩치를 키우고 있었다. 10원짜리부터 천만 원까지 다양한 종류만큼 가치도 천차만별이었다. 10원짜리를 채굴한다면 과연 수익률은 얼마나 나겠는가 말이다. 어쩌면 모든 것이 허상이었다는 생각이 들었다. 아니, 나는 그들만의 리그에서 탈락한 수많은 패배자 중 한 명이었을지도 모른다.

대박을 좇았다 쪽박이 난 거네요.

나는 곱창을 잘근잘근 씹으며 중얼거렸다. 소장이 대뜸 물었다.

그 죽일 놈을 감옥에 보내면 투자금은 어떻게 되나요?

글쎄요.

새 회장은 모호하게 대답했다. 글쎄요, 라는 말이 주는 뉘앙스가 사람을 미치게 했다. 새 회장의 말투는 애매모호함으로 우리가 끈을 놓지 못하도록 만들었다. 인간관계에 있어서 유연하다고 자평하는 소장은 미쳐 날뛰었다.

그러면 감옥에 안 보내고 투자금을 돌려받는 게 나을까요?

새 회장이 마침내 곱창 한 점을 입에 넣으며 말했다.

법률적으로 고민해 봐야 할 문제입니다만 제가 변호를 맡게 된다면 그렇게 될 수도 있죠. 그렇더라도 위법 사실이 드러나면….

아, 놔! 그렇게, 그렇더라도, 가 도대체 뭔 말이냐

고요.

나도 모르게 슬기롭지 못한 말이 튀어나왔고, 식탁을 쳤는지 어쨌는지 젓가락이 바닥으로 떨어졌다. 소장이 종업원에게 소리쳤다.

어이, 여기 젓가락 한모.

로열아파트 예비 입주민의 꿈을 꾸게 해준 내 종잣돈. 내가 과연 그걸 포기할 수 있을까를 가슴에 손을 얹고 생각해 봤다. 나의 고가 사다리를 인제 와서 접어 넣을 수는 없었다. 꿀단지처럼 간직하고 있던 소장의 말이 떠올랐다.

신 과장, 자넨 아직 좀 더 배워야 하네. 일은 차차 가르쳐주겠네.

처음 그 말을 들었을 때 무척 기뻤다. 이제 일을 배울 때가 된 건지도 모른다. 가상이 아닌 명확하고 안정적인 일을 소장은 알고 있다. 죽일 놈의 회장과 소장이 말했듯 세상을 살아가는 데는 동지들이 필요하다는 걸 절실히 깨닫는다. 초등학교 운동회 때 이미 배우지 않았나. 이어달리기, 줄다리기, 2인 1조

달리기, 콩주머니던지기…. 끌고 밀어주며 함께 한 동지들이 있었기에 오늘의 내가 있는 것이다. 나는 소장의 빈 술잔에 술을 채우며 말했다.

소장님, 새 술은 새 부대에 담아야 한다죠?

소장이 내게 젓가락을 쥐여주며 말했다.

자네도 일을 배울 때가 되긴 했지.

조우

2010년식 마티즈는 흙먼지를 덮어쓰고 있었다. 오전에 내린 봄비로 빗물 자국까지 점박이처럼 덧앉았다. 차는 주말에 대형마트에 갈 때나 쓰였으니 거의 방치하다시피 했다. 그에게 차는 없으면 아쉽고 있으면 신경 쓰이는 물건이다. 18평 빌라에 살면서 지하 주차장을 꿈꾸는 건 어불성설이라 생각하면서도 차를 탈 때마다 걸레질하는 일이 성가셨다. 그는 검정 재킷을 벗어 앞자리에 접어놓으며 한숨을 쉬었다. 트렁크에서 면장갑을 찾아 끼고는 자루걸레를 꺼내 들었다. 새것 특유의 테레빈 냄새가 물씬 풍겼다.

조금 아깝다고 생각하면서 와이퍼를 세우고 앞 유리창부터 문질렀다. 흙먼지는 쉽게 털려 나갔다. 그러나 문어 빨판처럼 눌어붙은 얼룩까지 없애기란 불가능이었다. 첫인상부터 구질구질하게 보이고 싶지는 않아서 박박 닦아내 보지만 시간이 촉박했다. 주유소에서 제공하는 기계 세차를 하는 편이 나을 것 같았다. 어차피 한 번은 기름을 넣어야 할 테니까.

시동을 켜고 내비게이션에 울진군청을 입력했다. 엔진오일 교체 시기를 놓친 게 생각났지만 왕복으로 600킬로미터 정도는 문제없을 거라 믿었다. 9년을 몰았어도 딱히 문제를 일으키거나 사고를 낸 적도 없는 차였다.

카톡이 왔다.

-잠실역 2번 출구 6시 도착

핸드폰 시계가 5시 25분을 가리키고 있었다. 기다리라지 뭐, 그는 내심 김의 인내심을 시험해 보고 싶었다. 차가 안 막힌다면야 모르지만 금요일인 데다가 퇴근 시간대라 장담할 수 없었다. 아침에 김으로부터 고향 친구의 부고 소식을 접했을 때는 함께 갈 생각이 없었다. 네일 살롱의 미희 씨가 한 말이 떠오르지만 않았어도 불편한 동행을 시도하지 않았을 것이다. 그녀는 복수의 기회는 갑자기 온다면서 떠나버린 애인에 대한 복수를 기다리고 있었다. 그는 오늘이 그녀가 말하는 갑자기 찾아온 복수의 날일지도 모른다고 생각했다. 그러나 결정적으로는 오지랖 넓은 동료들의 참견 때문이었다.

"같이 가야 하는 거 아니야? 고향 친군데. 차비도 아끼고 말이야."

한국인의 정서는 그랬다. 차가 있는 사람이 운전 서비스를 해 줘야 하고, 고향 사람이라면 궂은일만큼은 동참해야 한다는 연고 의식을 무시할 배짱이 그에게는 없었다.

"김 주임, 내 차로 갑시다."

모두를 만족시킬 만한 결단으로 그는 동료들의

부담스러운 시선에서 벗어날 수 있었고, 조기퇴근이라는 상사의 배려까지 얻어냈다.

빌라촌의 가파른 골목길을 내려와 사당역 사거리에 나오자 이미 차들이 점령해 있었다. 이런 상황이라면 잠실역까지 50분은 걸릴 것이다. 시작부터 골탕 먹일 작정은 아니었는데 기분이 나쁘지 않았다. 20분쯤 늦겠다는 답문을 보내려다가 그만두었다. 라디오를 켰다. 산불 피해 소식이 궁금했다. 고성에서 시작된 산불이 이번에 내린 비로 완전히 진화되었다는 뉴스 캐스터의 흥분된 목소리가 흘러나왔다. 강풍을 타고 삽시간에 강원도의 몇 개 지역을 잿더미로 만들었다는데, 퇴근길에 어머니에게 전화를 걸었다. 울진은 무사하다고 했다. 어머니의 목소리는 밝고 들떠 있었다. 경식이가 오토바이 사고로 죽었다는 소식을 전하면서도 어떻게 그럴 수 있나 싶을 정도로. 조심해서 운전하라는 당부를 하면서 어디가 아프다는 소리를 되풀이했다.

"우짠 일인지 밤만 되면 허리가 더 아프다."

"이번엔 서울 병원에서 진찰이라도 한번 받아봅시다."

"아이다. 내 고질병은 조상님도 못 고친다."

그는 최대한 나긋하게 위로의 말을 건넸지만 어머니의 병을 심각하게 받아들이진 않았다. 통화할 때마다 넘어가야 할 통과 의례쯤으로 여겼다.

행정안전부의 신속한 대응에 더해 하늘의 도움이 있었다는 정리 멘트를 들으면서 라디오를 껐다. 교통체증은 도로 위의 모든 운전자를 골탕 먹이고 있었다. 그는 잘나가는 차선으로 끼어들기를 시도했다. 뒤에서 클랙슨이 울렸다. 강남대로를 빠져나갈 일이 아득했다.

  -한 정거장 남았수

다시 카톡이 왔다. 그는 잠시 망설이다 쪼잔하게

굴고 싶지 않아 답문을 보냈다.

  -20분 늦겠음

  -천천히 오시오

  그는 김의 반말체도 아니고 경어체도 아닌 어정쩡한 말투가 내내 불편했다. 경력사원으로 새로 입사한 사람이 김준이라는 사실을 알았을 때 한참 동안 그대로 서 있었던 모양이다. 동료들이 어깨를 치며 "아는 사람이야?"하고 물었을 때야 정신이 들었고, 김은 거침없이 다가와 다짜고짜 손을 내밀었다.

  "야, 이게 얼마 만이야? 어떻게 고향 친구를 여기서 보냐?"

  어쩐 일인지 회사 사람들이 더 반가워했다. 살벌한 경쟁사회에서 고향 친구는 무조건 아군으로 받아들이는 분위기였다.

  "나재널 과장 친구였어? 와, 두 사람 인연이 각별하구만."

각별하긴 개뿔, 그는 표정을 어떻게 지어야 할지 몰라 어설프게 웃었다. 그러다 호칭 문제가 불거져서 그는 처분을 기다리고 있었는데, 여론은 친구일지라도 회사에서는 상사에게 경어를 써야 하는 것으로 결론이 내려졌다. 김은 대번에 결재서류를 내밀 듯 "나 과장님, 잘 부탁드립니다."했고, 그는 어깨를 으쓱이는 것으로 결재도장을 찍어주었다.

12차선의 잠실역은 차와 사람의 물결로 넘실댔다. 백화점 앞 2번 출구에 몸에 꽉 끼는 검정 양복을 차려입은 김이 보였다. 팔짱을 낀 채 지나가는 차들을 유심히 보고 있었다. 그가 조수석 창문을 열고 소리쳤다.

"김 주임, 여기야."

"어이."

김이 손 인사를 하고 허겁지겁 앞자리에 탔다. 차 안 공기가 갑자기 후덥지근해졌다. 김은 낑낑거리며 안전띠를 두툼한 가슴 밑으로 두르더니 막 조깅하고 온 사람처럼 헐떡였다.

"와, 여가 별천지다. 이쁜 년들은 또 왜 일케 많냐? 시골 넘들 혼 뺏기기 딱이다."

그는 김이 스스럼없이 구는 것이 언짢았으나 회사 밖이니 어쩔 수 없었다. 김은 절친들끼리나 하는 화젯거리를 주저리주저리 늘어놓았다. 예쁜 여자들이 이렇게 많은데 여자 친구 하나 없을 리가 없다, 결혼은 언제 할 거냐, 생활비는 얼마를 쓰느냐, 집은 몇 평이냐, 본인 것이냐, 자신은 비싼 월세 때문에 서울 생활을 버텨낼지 모르겠다는 등 무작위로 뽑은 질문지처럼 두서없는 질문을 퍼부었다. 그는 시큰둥하게 운전에만 집중했다.

"그래, 니는 운전이나 해라."

김은 싱겁게 끝나버린 호구조사에 쩝쩝 입맛을 다셨다. 혼잣말이 재미가 없자 의자를 뒤로 젖히고 몸을 깊숙이 파묻었다. 얼마간을 조용히 가나 싶더니 덕소IC에 이르렀을 때쯤 또 뜬금없이 물었다.

"이 차 단종됐제? 안즉 새거다. 차 안에 우째 각질 하나 없노. 너 손톱 정리 하나? 여자처럼."

궁금한 것이 차인지 손톱인지 성 정체성인 건지 알 수 없었다. 그는 출판사에 다니면서 어떻게 문장력이 그 모양인지 묻고 싶었다. 김은 계속 운전대를 잡은 그의 손을 보고 있었다. 그는 손가락을 옴찔거렸다. 큐티클 푸셔로 김의 손톱 밑을 확 밀어 버리고 싶었다. 미희 씨가 그랬던 것처럼.

사당역 근처에 새로 연 네일 살롱을 발견하고 퇴근길에 들러 보기로 며칠 동안 벼르고 있었다. 늦은 시간이어서인지 때마침 손님이 없었다. 그는 망설이지 않고 유리문을 열고 들어갔다. 손톱 미용사가 엉거주춤 일어났다. 졸린 눈에 귀찮은 빛이 돌았다.

"지금 손질받을 수 있나요? 손거스러미 때문에 피가 나서요."

"아, 네에. 이쪽으로 앉아 보세요."

푹신한 팔걸이의자에 앉자 벽 진열대에 조르르 놓인 형형색색의 매니큐어들이 눈에 들어왔다. 간접 조명 아래에서 은은히 반짝이는 작은 병들이 '나는 준비가 되었으니 어서 선택을 하시오', 하며 속삭이고 있었다. 그는 익숙하게 쿠션 위에 두 손을 올렸다.

"거스러미가 심하시네요. 손이 너무 건조하거나 거친 일을 하면 생기는데, 실례지만 무슨 일 하세요?"

손톱 미용사가 건조하게 물었다.

"출판사에 다닙니다."

그의 눈에 봉긋하게 솟아오른 미용사의 가슴 위에게 달린 이름표가 들어왔다. 장미희. 그는 유명한 여배우 이름이네요, 하려다가 말았다. 미용사는 새끼손가락부터 시작해 손톱 줄로 손톱 하나하나를 세심하게 갈았다. 손놀림이 무척 부드러웠다. 네일 패드로 거스러미까지 살뜰하게 제거하고 나서 핑거볼에 손가락을 담그라고 했다. 20분쯤 지나자 손을 닦아주더니 큐티클 부분에 오일을 발라 주었다. 스멀

스멀 잠이 오는 것 같았다. 그는 오묘한 기분을 느끼며 지그시 눈을 감았다.

"큐티클을 정리하면 거스러미가 덜 생길 거예요. 예전 남친 손톱도 이랬어요. 손님보다 더 심했을걸요."

"남친과는 왜 헤어졌어요?"

미용사는 피식 웃으며 푸셔로 손톱 큐티클을 위로 밀어 올렸다. 그는 손가락에 잔뜩 힘을 주었다. 전기고문을 받는 것처럼 손톱 밑이 찌릿거렸다. 강도가 높을수록 아랫도리에서 느껴지는 스멀거림의 정도가 올라갔다.

"아, 아!"

"아프세요?"

"조금, 뭐 참을 만합니다."

"새 여친이 생겼다고 하더라고요. 쿨하게 헤어지자고 했는데, 시간이 지나니깐 복수하고 싶어지는 거 있죠. 10년 만났거든요. 세월이 아깝잖아요. 복수의 기회는 어느 날 갑자기 온다더니 다음 달에 결혼한대요. 기다리고 있어요."

    서울양양고속도로는 한산했다. 서울 시내에서 허비한 시간을 충분히 보충해 주었다. 그는 산불 영향 때문이라고 생각했다. 확실히 주말 여행객이 준 듯했다. 강촌IC를 지나고 있을 때쯤 그가 물었다. 약간은 비아냥거리며.

    "어떻게 출판사에 들어왔어?"

    김은 멀뚱히 창밖을 보고 있었다.

    "동종업계니깐. 인쇄소 말아먹고 할 줄 아는 게 있어야지."

    "책은 몇 권 정도 냈어?"

    "책은 무슨. 달력이나 연하장, 청첩장, 명함, 주로 이런 거 했는데 시골에 명함 파서 댕기는 사람이 있어야지. 연하장, 청첩장도 핸드폰으로 보내삐리는 세상인데 사업이 됐겄나. 교회하고 절 몇 군데 들어가는 인쇄물로 겨우 입에 풀칠했다."

그는 고개를 끄덕였다.

"그럼 편집부보단 영업부가 더 적성에 맞았을 텐데?"

"책벌레인 니만큼은 아이라도 편집, 나도 한다. 니하고 같이 일하고 싶기도 했고."

"뭐라고? 우연이 아니었어?"

그는 운전대를 움켜잡았다가 놓았다. 차가 잠깐 흔들렸다.

"짜석이 놀라기는. 운전 똑띠 해에."

그는 서울로 유학을 떠났을 때 고향 친구들을 깡그리 잊었다. 아버지 제삿날도 저녁때를 맞춰 내려갔고, 새벽 일찍 서울로 올라오곤 했다. 고등학생일 때부터 현재까지. 그러니 그동안은 누구와 마주칠 일도 없었다. 경식이 일도 김이 알려 주었고, 죽음의 경위는 어머니를 통해서 들었다.

"니가 암만 생까도 니 소식이야 너거 엄마한테 다 듣는다. 경식이가 니한테 할 말이 있다고도 했고."

고개를 건들거리며 김이 말했다. 그건 상대를 깔볼

때 나오는 몸짓이었다.

"아니, 경식이 말을 전해 주려고 우리 출판사에 들어왔단 말이야? 제발 앞뒤가 맞는 소리를 좀 하라고."

경식이는 어제 사고로 죽었다. 그런데 한 달 전에 입사한 김준이 경식이의 유언인지 뭔지 모를 말을 전해 주겠다는 것이다.

"도대체 무슨 말?"

"쪼매 참아라. 20년을 기다렸는데."

제기랄, 그는 욕지기가 올라오는 걸 참았다.

어린 시절 그에게는 나쫄병이라는 별명이 꼬리표처럼 따라붙었다. 어머니는 유복자로 낳은 아들에게 장군이라는 이름을 지어주었는데, 아비 없는 자식을 강하게 키우고 싶은 의지의 발현이라는 걸 그도 알았다. 그러나 자신의 이름이 맞지 않는 옷 같았다. 친구들이 부르는 별명대로 졸병이 장군의 갑옷을 입은 듯 늘 무겁게 느껴졌다. 6학년 여름 방학을 코앞에 둔 날이었다. 반 친구들은 메뚜기처럼 폴짝대며 학교로 가고 있었다. 그는 언제나처럼 얼쯤얼쯤 비켜서 걸어갔다.

"야, 나쫄병!"

김준이 뒤에서 불렀다. 그는 못 들은 척하고 빠르게 걸었다. 그러다 뛰었다. 그러자 경찰 놀이하자는 명령과 함께 현상금이 있다는 김준의 소리가 들렸다. 그때부터 아이들은 심술 병에 걸린 놈들처럼 돌멩이를 던져대기 시작했다. 김준은 반장이었다. 늘 재미있는 게임을 제공했고 아이들은 명령에 복종했다. 현상금이 무엇인지는 중요하지 않았다.

그가 멈춰 서서 뒤돌아봤다. 이번만큼은 도망가지 않겠다는 듯 입술을 앙다물었다.

"나는 나쫄병도 도둑놈도 아이다."

입술에서 피가 터졌다. 김준이 아이들을 제치고 나섰다.

"니 우리한테 낄래?"

생각지도 못한 제안이었다. 그는 권투 글로브에 한 방 맞은 것처럼 머리가 어질했다. 세 가지 시험에 통과해야 하는 조건쯤은 문제가 되지 않았다. 김준 패거리에 들어갈 수만 있다면 뭐든 할 수 있었다.

"학교 끝나고 굿당 느티나무로 온나."

수업 시간 동안 담임선생님의 목소리는 장송곡처럼 느릿느릿 들렸다. 그는 줄곧 벽시계만 쳐다봤다. 설렁설렁 물에 만 밥처럼 수학 문제를 풀고 받아쓰기를 했다. 종례가 끝나자마자 그는 한 마리의 뱀처럼 교실을 빠져나왔다.

김은 게걸스럽게 입안으로 핫바를 밀어 넣었다. 화장실에 간다며 들른 휴게소에서 간식인지 저녁 식사인지 모를 음식물을 잔뜩 사서 돌아왔다. 순식간에 핫바 두 개를 꿀꺼덕하더니 구운 감자를 한 알씩 집어먹었다. 그는 창문을 조금 열었다.

"저녁이 부실했거등. 니도 한입 해."

김은 이쑤시개에 감자 한 알을 꽂아 그에게 건넸다.

"아니, 난 됐어."

그는 고개를 저었다. 식사다운 저녁을 먹은 건 아니지만 날름 받아먹기가 싫었다. 김은 떨떠름하게 쳐다보더니 도로 자기 입으로 가져갔다.

"입 까차로운 건 여전하네. 니는 급식도 맨날 남기고 그랬다."

"난 고향 친구들 다 잊고 살았어. 네가 나타나기 전까진."

"이름 바깠다고 잊히나. 우린 니 안 잊었다. 장군이나 재너럴이나 그기 그거지."

김이 혀 꼬부라진 소리를 냈다.

"왜?"

김은 생수로 입안을 헹구더니 삼켰다.

"원래 도둑이 지발 저린기다."

"씨팔놈들!"

김이 피식 웃었다.

"인자 좀 사람답네. 니가 상사라고 얼마나 얄밉게 군지 아나? 내가 그게 다 공부라 생각하고, 밀린 숙제하듯 밤을 샜다. 금요일에 일을 주사서 주말에 쉬지도 못했어. 소갈딱지가 멸치 창자만 했다이. 그래도 내가 다 이해했다. 가씨나 하고만 놀아서 그리 된갑다 했다. 뭐, 회사에서도 여직원들이랑 더 친하데."

"내가 언제? …이쪽 일이란 게 그래. 출판 막바지엔 밤새는 건 부지기수야."

그는 속이 들킨 것 같아 말을 돌렸다. 문득 해수 소식이 궁금해졌다. 복숭아나무 밑에서 봉선화 꽃물을 들여 주던 여자아이. 꽃을 돌에 찧어 서로의 손톱에 올리고 잎사귀로 싸서 무명실로 찬찬 매어 주면 두어 시간 남짓 기다려야 했다. 그 시간 동안 둘은 노래를 불렀다. 비 오자 장독간에 봉선화 반만 벌어, 로 시작하는 노래를 돌림노래처럼 불렀다. 손가락 끝마디가 흥건하게 물들 때쯤 잎사귀를 풀면 다홍빛의 손톱이 드러났다. "첫눈이 오는 날까지 이 꽃물이 남아 있으면 첫사랑이 이루어진대." 해수의 말대로라면 꽃물 들이기는 미래를 약속하는 행위였다. 그 꽃물이 사라질 때까지 어머니의 지청구와 남자애들의 놀림을 받아야 했지만, 신경 쓰지 않았다. 사고만 일어나지 않았다면 해수가 지금 내 옆에 있었을까를 생각하다가 그는 싱겁게 웃었다.

"여자애들은 여전해?"

"애들? 그냥 해수가 궁금하다 캐라. 결혼해서 잘 산다. 아도 있고."

아들의 불그레한 손가락을 발견한 어머니는 곧바로 해수 집에 찾아갔다. 붉은 곰이 마을을 막고 있는 큰 바위를 번쩍 드는 꿈을 꾸고 낳은 아들이다, 그것이 예사 태몽이냐, 그래서 장군이라 이름 짓지 않았느냐, 계집애 따위가 데리고 놀 아이가 아니라며 해수 어머니에게 따지고 들었다. 싸움 구경하러 온 동네 사람들 누구도 유복자를 낳은 어머니를 말리지 못했다.

"아이가 예쁘겠네."

그의 입가에 미소가 어렸다.

"오늘 올끼다. 마카 모인다 했거든."

복수의 시간이 다가오고 있었다. 핸들을 잡은 그의 손에 잔뜩 힘이 들어갔다. 차는 동해고속도로에서 7번 국도로 접어들고 있었다. 공기 순환기를 타고 매캐한 그을음내가 물씬 들어왔다. 누르테테한 연무가 산자락을 떠다니며 음산한 기운을 몰고 다녔다. 한창 파릇하게 물이 올랐을 나무도 빛을 잃고 떠돌았다. 김이 코를 벌름거리며 바깥 상황을 살폈다.

"울진은 괜찮다 카더만 심상찮다. 큰일이네."

김은 최초 발화지점이 고성의 한 전봇대 개폐기였다면서 산불의 책임을 한전 탓으로 돌렸다. 거기에 태풍급의 강풍이 일을 더 키웠다며 목청을 높이더니 불쑥 맥락 없이 물었다.

"근데, …니 고자는 아이제?"

순간 퉁, 하고 앞 범퍼에 둔탁한 물체가 부딪쳤다 튕겨 나갔다. 급브레이크를 잡았고, 휘청거리며 두 사람의 몸이 앞으로 쏠렸다가 돌아왔다.

"아이가가 뭐고?"

김은 안전띠를 꽉 잡고 있었다.

"뭔가 부딪쳤어. 내려서 봐야겠어."

그가 길가에 차를 세우자 김이 볼멘소리를 했다.

"고마 가자. 떠돌이 개 한 마리 쳤겠지. 벌써 9시가 넘었어."

그는 주먹으로 클랙슨을 내리쳤다. 경적과 함께 잠자고 있던 과거가 불현듯 떠올랐다.

"넌 늘 그랬어. 무자비했지."

"차로 무자비하게 친 건 니다 인마, 내가 아니고."

"그때 넌 멧돼지가 올 줄 알았어. 그런데도 날 버리고 갔어. 친구 하자면서 왜 그랬어어."

그는 오래 묵혀두었던 주먹을 김을 향해 날렸다.

"아쿠쿠, 이 씨발놈이!"

김이 코를 훔치자 손에 피가 묻어났다.

"와아, 열받네!"

김은 차 문을 열고 밖으로 나가더니 공기를 가르는 주먹을 날렸다.

"씨발놈아, 나와. 나오라고요."

밖으로 나온 그는 김을 본척만척하고 사고 장소로 걸어갔다. 헤드라이트가 모로 누운 새끼 멧돼지 한 마리를 적나라하게 비추고 있었다. 도로 바닥에 핏물이 흥건했다. 그는 헛구역질을 하며 몇 발짝 뒷걸음질 쳤다. 다리가 휘청거렸다. 김은 여전히 욕을 하며 고래고래 소리 지르고 있었다.

두 두 둥, 발밑에서 진동이 느껴졌다. 쉭쉭, 거친 숨소리가 들려왔다. 길가 숲 언저리에서 언뜻 도깨비불을 본 것도 같았다. 김이 잽싸게 차에 타는 게 보였다.

"야, 빨리 타!"

김은 시동을 걸고 있었고, 그가 차 안으로 뛰어들었다. 간발의 차이였다. 집채만 한 멧돼지가 2010년식 마티즈를 들이받기 시작했다. 앞 범퍼가 보기 좋게 나가떨어졌다. 연기가 피시식 힘없이 올라왔다. 멧돼지는 무자비했다. 이리저리 돌아가며 차를 들이받았다. 시동은 거는 대로 주저앉았고, 아예 시동 걸기를 포기한 김은 손잡이에 두 손을 부여잡고 차가 흔들리는 대로 몸을 흔들고 있었다. 그는 떨리는 손을 진정시키며 119에 신고했다. 머릿밑으로 식은땀이 타고 내려왔다.

"니 사고 났을 때 너거 엄마도 저랬다. 대가 끊기게 생겼다고 통곡했대이."

김이 힐금 눈치를 보며 말했다.

"그래서 난 힘들었다."

그는 목 안에서 시척지근한 신물이 올라오는 걸 느꼈다.

"사고는 눈 깜짝할 새에 일어난다더만, 그때 나는 멧돼지가 진짜로 나타날 줄은 몰랐다. 경식이랑 어른들 데리고 가니깐 넌 벌써…, 구덩이는 경식이 아부지가 멧돼지 잡을라고 팠다 카더라. 무당이 시켰다고. 경식이 아부지가 굿당에 물건 대줬잖아. 가가 술만 퍼마시면 니한테 미안하다고. 사고 난 날도 술이 만땅이었다 카더라."

김의 입에서 단내가 확 풍겼다.

"그래서?"

그의 목소리는 덤덤했다.

"그냥 사고였다 캐도 미안하다. 나도 경식이도 정식으로 사과하고 싶었다. 너무 늦었제."

'그냥 사고'라는 문장은 뺏어야 옳았다. 그건 책임 회피로 들렸다. 경식이의 유언이 그깟 정도의 사과였다면 실망이었다. 그는 김의 부채를 쉽게 청산해주고 싶은 마음이 없었다.

굿당 앞 300년 된 느티나무는 아름드리가 어른 두 사람이 안을 만큼의 덩치를 자랑했다. 새끼줄이 나뭇가지 사이로 둘리어 있었고, 그 사이사이에 끼워진 색색의 천들이 바람에 펄럭였다. 한여름인데도 서늘한 바람이 불었다. 그는 몸을 바짝 웅크리고 친구들이 오기를 기다렸다. 머릿속에 백 가지 귀신이 나타났다가 사라졌다. 산 그림자가 굿당을 가리자 몽달귀신, 처녀귀신, 할미귀신, 목 없는 귀신이 차례로 굿당 문을 열고 나왔다가 들어가기를 반복했다. 등에서 식은땀이 골을 타고 내려왔다. 두어 시간이나 지난 것 같았다. 사타구니가 쩌릿했다. 그는 바지춤을 움켜잡고 냅다 뛰었다. 뒤도 안 돌아보고 뛰었다. 돌아봤다간 귀신에게 목이 잡힐 것 같았다. 멀리 산 아래에 첫 집이 보였다. 한숨을 돌리고 개울가에서 바지춤을 내렸다. 한줄기 오줌이 개울물에 급하게 뿌려졌다.

"시원하제?"

김준이 실실 웃음을 흘리며 지켜보고 있었다. 그가 바지춤을 올리고 김준을 노려봤다.

"약속은. 니 장난쳤제."

"니 내빼는 건 장군이다. 일단 1단계 통과다."

사나이로서 담력을 인정해 준다는 거였다. 경식이는 너무 쉬운 시험이었다며 툴툴거렸다. 어이가 없었지만 그는 2단계 시험이 궁금해 안달이 날 지경이었다.

"내일은 돌복숭산 아래 개울이다. 학교 끝나고

보자."

　김준은 명령을 내리고 산에서 내려갔다. 그러다 잠깐 뒤돌아보더니 들창코를 만들어 꿀꿀거렸다. 그는 그때 김준이 알았을 것으로 생각했다. 사고가 난 이후부터 그 의심은 그를 따라다니며 치를 떨게 만들었다. 경식이가 얼른 오라는 손짓을 했다. 어둠이 몰려오기 전에 내려가야 하는데, 빨리 뒤따라가야 하는데, 달려서 내려갈 참에 돌부리에 넘어져 버렸다. 반바지 아래 뽀얀 무르팍에서 피가 흘러내렸다. 그때였다. 덤불 사이에서 쉭쉭, 컥컥, 거친 소리가 들려왔다. 머리카락이 오소소 일어났다. 멧돼지 무리였다. 밭을 휘젓고 다니며 농작물을 닥치는 대로 먹어 치우던 놈들이었다. 멧돼지와 눈이 마주쳤을 때 그는 산 위로 뛰었다. 머리는 산 아래를 향하고 있었지만, 몸이 거부하고 있었다. 느티나무를 돌아 굿당으로 향했다. 순간 풀석 꺼지는, 까무러치는, 아니 귀신이 밑으로 잡아당겼던 것도 같았다. 아주 잠깐이었으나 그가 정신을 차렸을 때는 희뿌옇게 어둠이 내리고 있었다. 구덩이에 누워서 하늘을 올려다보았다. 왼쪽 아랫도리가 뻐근했다. 속옷 안으로 손을 넣었다 빼내자 검붉고 끈적한 액체가 묻어나왔다. 그는 고래를 잡았을 때의 기억을 떠올렸다. 속옷 안에 종이컵을 넣고 수술 자리가 아물기를 기다리는 아들에게 어머니는 건강한 남자가 되기 위한 준비라며 웃었다. 멀리서 어머니의 울음소리가 들려왔다. 김준 패거리의 소리도 들렸다.

얇은 철판으로 만들어진 작은 차는 볼품없이 찌그러졌다. 멧돼지는 분이 풀릴 때까지 차를 짓이겨 놓았다. 어미는 새끼 옆에서 꺼이꺼이 사람처럼 목놓아 울었다. 그렇게 한참을 울다가 산으로 돌아갔다.

"씨팔, 119는 언제 오냐고오. 목숨이 붙어 있는기 다행이다."

김은 한참 동안 투정을 부리더니 어딘가로 전화를 걸었다.

"와아 씨, 내 죽을 뻔했다. 누구 하나 일로 와줘야 겠다. 산불땜시 멧돼지가 튀나오고 난리라. 119도 함흥차사다. 여가 어딘가 하면, 울진군청이 20킬로 남았다."

김은 주저리주저리 수다를 떨었다. 맥락도 없고 문맥도 엉망이었다.

그의 핸드폰에서 카톡 소리가 명랑하게 울렸다. 미희 씨였다.

-카톡 친구 신청해주세요. 1회 서비스 드립니다^^
-네에~
-복수는 하셨나요?

"누고?"

김이 물었다. 그가 잠시 머뭇거렸다.

"어, …내 여친."

김이 시이익 웃었다.

"이욜, 싸나이네. 괜히 걱정했자나."

그도 김을 따라 웃어 보였다. 곧 친구들이 들이닥칠 텐데, 복수를 생각하자 갑자기 심장이 뜀박질해 댔다. 그는 상의 안주머니 속에 든 지갑을 만지작거렸다. 두툼하게 챙겨온 돈과 명함을 생각하자 피식 웃음이 났다. 동창회 찬조금을 내며 과장 직함이 찍힌 명함을 돌린다고 해서 김준보다 잘나간다고 생각이나 할는지, 시시하다 못해 유치찬란할 복수극에 닭살이 돋았다. 문득 미희 씨라면 어땠을까, 그녀의 생각을 물어보지 못한 것이 아쉬웠다. 손님과 손톱미용사로 몇 번 만났을 뿐이지만 그는 어느 순간부터 뜨거운 동지애를 느끼고 있었다.

"근데 이상하지 않나."

"뭐가."

"멧돼지 말이다. 인연이 요상해서. 그 돼지는 아니겠지만, 암튼 니하고 큰 거 한방씩 주고받은 셈 아이가."

김이 허공에 대고 잽을 날렸다. 인연이라는 김의 말에 그의 팔에 소름이 돋았다.

"근데 우짜노. 차가 박살 나서."

김의 말대로 마티즈는 뭉개졌지만 그는 그다지 서운하지 않았다. 늘 사람이 문제지 물건이 문제가 된 적은 없었다. 물건이야 새로 사면 그만이니까. 그렇다면 살아가면서 중요하게 여겼던 것은 무엇인가. 남들이 말하는 돈과 명예, 그리고 여자라고 친다면 그는 어느 한 가지도 심각하게 생각해 본 적이 없었다. 돈과 명예는 성실히 살면 따라오는 것이었다. 그는 평생 직장인이 될 자신이 있었다. 여자에 대한 욕망도 절실해 본 적이 없었다. 여자가 생각나면 네일 살롱에 가면 되었다. 손톱 손질하는 것으로 충분했다. 그러나 충분하다는 말은 만족스럽지는 않다는 의미이기도 하다. 사실 무엇 하나라도 만족스럽게 부딪쳐본 적도 없었다. 우선은 그 비겁한 사랑놀이를 멈춰야겠지만 그것이 언제가 될지 현재로서는 알 수 없었다.

차 안이 텁텁해졌다. 성인 남자 둘이 내뿜는 이산화탄소에서 저질 고량주 맛이 났다. 그가 급하게 창문을 내렸지만, 윙윙 소리만 날 뿐 작동되지 않았다. 김은 몸을 의자에 한껏 묻고 눈을 감고 있었다. 그러면서 아주 느긋하게 말했다.

"아아들 올 때까지 쪼매 참아. 멧돼지가 아직 분이 안 풀렸을지도 모르잖아."

그때 공기 순환기로 알싸한 휘발유가 발린 불내가 들어왔다.

"킁킁, 아가가 뭐고?"

김이 튕기듯 일어나 앉았다. 찌그러진 앞 범퍼에서 시커먼 연기가 꼬물꼬물 올라오고 있었다. 김이 문손잡이를 젖혔다. 차문은 꿈쩍도 안 했다. 김이 방방 뛰었다.

"시팔, 꼬물 됐네. 넌 왜 가만있어어. 죽고 잡냐?"

그는 의자 깊숙이 몸을 묻었다. 미희 씨가 그랬던가. 복수의 기회는 뜻하지 않게 찾아온다고.

"아아들 올 때까지 쪼매 참아. 멧돼지가 분이 안 풀렸을지도 모르잖아."

김이 소리쳤다.

"뒈지고 싶음 니나 뒈져라. 새꺄!"

내처 두툼한 어깨로 차문을 밀어붙였다. 그러나 몸부림치는 대로 무거운 반동이 몇 차례 일어났을 뿐이었다. 급기야 범퍼에 불길이 솟구쳐 올라왔다. 김은 흔들리는 차를 진정시키려는 듯 워워 거리며 두 손으로 핸들을 눌러 잡았다.

"와아 씨, 진짜 죽는갑다!"

그는 새파랗게 질린 김의 얼굴을 감상하고 있었다. 그의 얼굴은 화염으로 이글거렸다. 1분이면 둘 다 죽을까, 20초라면? 복수가 눈앞에 다가왔다. 그는 문손잡이를 잡고 10초를 셌다. 생각보다 긴 시간이었다. 아홉, 열, 손잡이를 열어젖혔다. 그러나 걸림쇠가 망가져 버린 듯했다. 김이 발악했다.

"새꺄, 그냥 차버렷!"

김의 입에서 침이 튀었다.

"새꺄, 명령하지 마아!"

그는 진정한 복수만 생각했다. 반동을 이용해 한 번으로 끝내야 한다. 하나, 둘, 그는 몸을 둥글게 말고 차문을 향해 두 발을 날렸다. 차문이 나가떨어지면서 땅바닥으로 굴러떨어졌다. 그가 고개를 들었을 때 조수석으로 낑낑대며 기어 나오는 김이 보였다. 불길이 차 몸통을 곧 집어삼킬 태세였다. 차로부터 멀어져야 하는데 그의 몸은 차로 향했다.

"빨리 나왓!"

그가 김의 두꺼운 팔을 잡아 끌어냈다. 두 사람의 얼굴에 열기가 번지면서 펑, 불꽃이 치올랐다. 너울거리는 불길이 풀숲으로 나뒹구는 두 사람을 덮쳤다. 그들은 빠르게 검정 재킷을 벗어 던지고 논두렁으로 달렸다. 뒤를 돌아보면서도 달렸다. 화려한 폭죽 쇼가 펼쳐지고 있었다. 멀리서 몇 대의 자동차 클랙슨 소리와 고함이 뒤섞여 들려왔다.

"김주운, 이 미친놈아아."

김을 부르는 소리 사이로 그를 찾는 목소리도 있었다.

"장군아아, 살아있제에."

검은 정장 차림의 무리 속으로 뛰어 들어가는 김이

보였다. 그들은 왁자하게 서로 부둥켜안았다. 그를 향해 손을 흔드는 이들도 있었다. 그는 멍청스레 그것을 바라보았다. 너무 오랜만이라 낯선 얼굴들이었다. 그들과는 떨어져 지낸 시간만큼의 거리가 존재했다. 그 간격을 좁힐 수 있을지 어떨지 알 수 없었다. 그에게 새로운 만남은 늘 두려웠다. 잊힐까?

   그는 무덤덤하게 주머니 속에서 핸드폰을 꺼내어 켰다. 카톡이 들어와 있었다.

  -복수는요?
  -오랜 복수를 끝냈습니다. 멧돼지를 죽였거든요
  - ? 암튼 추카추카!
  -미희 씨는요?
  -전 내일이에요

   단발머리의 해수가 달려오고 있었다. 논두렁 위를. 4월의 논두렁에는 꽃다지며 민들레며 제비꽃이 흐드러지게 피었을 텐데, 그녀라면 소중하게 여겼을 그 꽃들을 지르밟으며 달려오고 있었다. 그녀 너머로 서로 부둥켜안은 무리가 보이고 또 그 너머로 차 뼈대까지 집어삼킨 검고 붉은 불길이 일렁였다. 그는 그것들을 아련히 마주보며 서 있었다. 곧 과거들과 만나게 될 것인데, 준비되어 있지 않았다. 뒷걸음쳤지만 해수가 더 빨랐다. 그를 안았고, 울었다. 그는 해수의 들썩이는 어깨를 보면서 미희 씨를 생각했다.

해설

비극적 세계관과 대응의 방정식

- 김태정 소설집 -
『셰어하우스』

1. 신예작가의 첫 창작집을 만난 소회
– 이 작가의 기반과 그 출발점 「6번 국도」

    김태정은 대구에서 출생하여 대구가톨릭대학원에서 동양학 석사학위를 받았다. 2015년 계간 《불교문예》에서 동화 「은행과 해우소」로 신인상을 받으면서 늦깎이 작가의 길을 걷기 시작했다. 그로부터 5년 후인 2020년 《한국소설》에서 「셰어하우스」로 신인상을 받았으며, 같은 해 《경북일보》 문학대전에서 「6번 국도」로 은상을 수상했다. 그동안 상재한 책으로 여행에세이 『힐링로드 77선』, 『오늘은 태안』, 『오늘은 태백』 등의 공저가 있으며 불교 소재의 동화 『왕 중의 왕』을 펴내기도 했다. 작가로서 여러 장르의 출판 작업을 병행하고 있기도 하다. 이를테면 비교적 늦게 시작했으나 매우 부지런하고 열정적으로 살아온 작가다.

    이 창작집 『셰어하우스』는 그의 첫 번째 소설 모음이

다. 아직 제작 중인 상태로 읽어본 그의 소설들은, 대체로 비극적 세계관을 끌어안고 있으며 그와 같은 관점으로 세상을 보고 그로부터 말미암는 대응의 방략을 모색하는 외형을 갖추고 있었다. 그의 주인공들은 눈앞에 마주친 어려운 현실 상황에 대하여 처음부터 확고한 방향성을 가지고 가열한 의지로 밀고 나가는 사례가 드물다. 따라서 자연히 문제 해결에 대한 낙관적 전망을 제시한다든지 그 방법론을 천착한다든지 하는 경우는 찾아보기 어렵다. 그런데 이렇게 소극적이고 수동적인 인물의 행위 규범이 오히려 우리 시대 현실의 좌표를 잘 드러낼 수 있고, 그것을 수행하는 일이 그의 작가정신인 것으로 보인다.

이러한 삶의 실제적 상황에 대한 인식은 어디서 왔으며, 어떻게 형성되었을까. 그것을 구체적 설명 없이 소설을 통해 여실히 보여주는 작품이 곧 「6번 국도」다. 이 소설의 중심인물 민수는 이제 겨우 취학 연령의 어린 소년이다. 그는 이모가 운영하는 옥수수 가판의 판매일을 하며 연명한다. 일주일 만에 돌아오겠다고 민수를 이모에게 맡기고 떠난 엄마 영혜는 넉 달째 소식이 없다. 이모의 구박은 절정에 달해 악담과 구타로 이어진다. 법리적 시각으로 보면 명백한 아동학대요, 윤리적 관점으로 보면 반인도주의적 처사다. 그러나 민수에게는 기댈 언덕도 피할 동굴도 없다. 그나마 이모부가 소극적인 우군이기는 하다.

일어나야 하는데 몸이 움직여지지 않는다. 민수는 번데기가 되어가나보다고 생각한다. 그래서 가만히 누워 있기로 한다. 이모가 오기 전에 번데기가 되었으면 싶다. 잠을 자고 일어나면 나비가 되겠지. 옥수수밭을 한 바퀴 돈 다음 6번 국도를 따라 날아갈 테다. 나무가 갈라지는 소리, 이모의 목소리가 들린다. 아침인가 보다. 옥수수 껍질을 까서 찜솥에 물을 넣고 불을 피우겠지. 소금도 없이 사카린도 없이 밍밍한 맹물로 옥수수를 삶아내겠지.

결국 민수는 마음의 외로움과 몸의 힘겨움을 감당하

지 못하고 죽음의 늪으로 빠져든다. 그런데 그 막다른 과정이 사뭇 소설적이다. 나비가 되고 싶어 하는 연둣빛 생명체, 어떤 애벌레를 삼키고 자유롭게 나는 나비의 꿈을 꾸며 늪 속으로 몰입되어 간다. 어린아이가 바라보기 어려운 세계지만, 민수의 환경이 극단적이었음을 고려하면 납득할 만한 정황이다. 구타의 흔적과 함께 희고 검은 버짐이 몸 전체에 퍼져 있는 것을, 민수는 '나비가 되고 있다'고 생각한다. 이 소설은 김태정의 현실 인식이 얼마나 완강하게 부정적 기조 위에 서 있는가를 증명하는 시금석이다. 톨스토이가 『안나 카레니나』의 서두에서 "행복한 사람은 비슷한 모습으로 행복하지만, 불행한 사람들은 제각각의 모습으로 불행하다"고 한 수사(修辭)를 떠올리게 한다.

2. 과거사의 아픔과 현실에서의 대면
_「조우」와 「손님」

    한 공동체의 역사나 한 개인의 과거사에서 소설의 소재를 찾는 일은 오랜 전통적인 관습이다. 한국문학에서 가장 높은 빈도를 보인 6·25동란의 이야기들이 그 대표적 경우다. 과거가 과거로 끝난 것이 아니라 현재진행형으로 영향력을 발휘하고 있기 십상이기에 그렇다. 「조우」에는 어머니가 큰 뜻으로 그 이름을 지어준 나장군이란 출판사 과장이 있고, 그 회사에 김준이라는 경력직 신임 주임이 들어온다. 두 사람은 어린 시절의 고향 친구다. 이들 사이에는 얽혀 있는 사연이 많고, 그것은 주로 허약했던 나장군이 반장이었던 김준과 그 일당에게 괴롭힘을 당한 일이다. 이제 과거의 위치가 전도되어 두 사람이 마주하게 되었다. 이들은 함께 조문을 떠나게 되고 도중에 멧돼지를 치는 사고를 낸다. 이때 나장군의 환각은 다음과 같다.

    단발머리의 해수가 달려오고 있었다. 논두렁 위를. 4월의 논두렁에는 꽃다지며 민들레며 제비꽃이 흐드러지게 피었을 텐데, 그녀라면 소중하게 여겼을 그 꽃들을 지르밟으며 달려오고 있었다. 그녀 너머로 서로 부둥켜안은 무리가 보이고 또 그 너머로 차 뼈대까지 집어삼킨 검고 붉은 불길이 일렁였다. 그는 그것들을 아련히 마주 보며 서 있었다. 곧 과거들과 만나게 될 것인데, 준비되어 있지 않았다.

    멧돼지 어미의 공격을 받아 차는 불길에 휩싸이고 두 사람은 간신히 차를 벗어난다. 이때 나장군이 마음에 두고 있는 네일 살롱의 장미희로부터 문자가 온다. "복수는요?"가 그것이다. 장미희 또한 자신을 버리고 떠난 남자의 결혼식이 내일이라, 내일을 복수의 날로 잡고 있다. 이번 고향 방면 조문길에서 소심한 복수를 다짐하던 나장군은, 어린 날의 데자뷔와도 같은 멧돼지 사고를 겪으면서 "오랜 복수를 끝냈습니다. 멧돼지를 죽였거든요"라고 대답한다. 김준 그리고 장미희와의 관계는 새 국면을 맞게 될지도 모른다. 그렇게 보면 그 관계들은 자못 운명적이고 구조적인 모형으로 드러난다. 이 소설의 배면에 과거와 현재의 두 대립, 현재의 서로 다른 두 대립이 잠복해 있는 까닭에서다.

「손님」 또한 이와 유사한 구조를 가졌다. 이 소설의 대립 항을 이루는 두 인물은 화자인 '나' 장헌수와 상대역 정한수다. 발음의 초성이 같아 늘 혼란을 초래했던 이들은 초등학교 6학년 때 한 반이었던 옛 친구다. 학교 앞에서 분식집을 하는 장헌수는 방 두 개가 있는 집에 살고 있는데, 이 집으로 깔끔한 세미 정장 차림에 하드케이스 비즈니스 가방을 든 정한수가 찾아온다. 정한수는 2주 전까지 증권맨이었다가 부동산 컨설턴트 회사로 이직(離職)한다고 말한다. 그러나 실제로 그가 하는 일은 전화로 부동산 구매를 안내하는 것이다. 장헌수는 정한수를 거절하지 못한다. 이들 사이에 묵은 숙제와도 같은 과거사가 개재해 있는 까닭에서다. 그것은 아버지의 가짜 롤렉스시계 판매와 연관되어 있다.

경험과 직감, 집중 공략. 그의 영업 비법은 모호하기 짝이 없었다. 그 직감이라는 것이 목소리의 느낌만으로 알게 되는 감각이 아니지 않나. 나의 초능력은 전화 영업에서는 전혀 발휘되지 못했다. 그것은 아버지의 일과는 전혀 다른 형태였고 몇 배는 어려운 일이었다. 둥글게 햇무리가 어리던 아버지의 금딱지 시계가 그립기까지 했다. 그래도 정한수의 조언이 영 쓸모없는 것은 아니었다. 나는 좀 더 열심히 전화 버튼을 눌렀고 몇 사람에게는 대여섯 번이나 공략하기도 했다.

'나' 장헌수의 아버지는 버스에서 가짜 금딱지 롤렉스시계를 팔았고, '나'는 한 정거장 전에 버스를 타고 판매 대상을 물색하는 몰이꾼 역할을 했다. '나'는 '늙수구레하고 돈 좀 있어 뵈는 사람'을 찾아내고, 아버지는 '나'를 초능력자라고 칭찬했다. 그런데 그렇게 시계를 산 노인 한 사람이 버스에서 내려 시계를 보면서 가다가 오토바이에 치여 사망했다. 그 노인이 정한수의 할아버지였다. 직접적인 사인(死因)은 아니나 원한을 가질 만한

국면이다. 하지만 이 두 사람은 협력 관계를 이루어가고, '나'에게는 이 관계 가운데 그동안의 삶 여러 절목이 함께 결부되어 있다. 동거하다 헤어진 여진, '나'에게 직접적인 영향을 미친 아버지의 기억들이 그러하다.

3. 일상의 곤고를 넘어 자기 정립 지향
-「셰어하우스」와「행복한 여자」

19세기 독일의 시민사회를 바탕으로 크게 성과를 보인 '성장소설'이란 것이 있다. 한 인물이 성장하면서 그 생각 및 행동이 고상해지고 완전해져 가는 이야기를 담고 있는 소설이다. 헤르만 헤세의 『데미안』이나 토마스

만의 『마의 산』 등 그 숫자를 헤아리기 어렵다. 이를 다른 말로 교양소설, 교육소설, 발전소설 등의 이름으로 부르고 미주에서는 입사(入社)소설, 개안(開眼)소설 등으로 호칭한다. 그러고 보면, 현실적 상황의 타개를 지향하는 모든 소설은 이 성장소설의 후속편이다. 비록 그 주인공이 어린아이나 소년으로부터 출발하지 않는다고 하더라도. 「셰어하우스」에서 편의점 야간 일을 하며 셰어하우스의 스텝, 곧 관리인을 겸하고 동시에 웹툰 작가 지망생인 양희의 행위 범주가 이 규정에서 그다지 멀지 않다.

아이러니하게도 웹툰의 관심은 꾸준히 늘고 있었다. 댓글 난에 가끔 셰어하우스 동거인들의 좌충우돌하는 공동체살이가 현실감 있게 그려졌다거나, 예쁘지도 착하지도 않은 캐릭터를 주인공으로 내세운 점이 역발상적 접근이라는 격려의 글들이 올라왔다. 위로는 되었으나 댓글에 연연해서 고통받는 시간이 아까웠다. 댓글 하나에 일희일비하고 있는 나약한 자신이 초라했다. 그녀에게 필요한 건 어쩌면 객관적으로 바라보는 시선일지도 몰랐다.

이 대목은 양희가 온갖 신고(辛苦)를 넘어 웹툰 작가로 자기 정립을 이루어가는 단계의 초입을 보여준다. 여기에 이르기까지 그에게는 필설로 다 못할 간난(艱難)의 날들이 있었다. 어머니 옥분은 양희의 양육을 자신의 어머니에게 맡기고 소원(疏遠)해졌다. 작은 정원이 딸린 단독주택을 개조해 운영하는 셰어하우스는 양희의 일터인데, 그곳의 세입자 어느 누구도 양희와 마음의 소통이 없다. 그러나 이러한 부정적 삶의 조건이 웹툰을 그리는 데 있어서 좋은 글감이 될 수도 있다는 것이, 어쩌면 예술의 존재 양식에 대한 설명이 될 수도 있다. 양희의 웹툰이 스스로의 삶과 그 환경을 소재로 하여 공모전에 합격한 이 소설의 이야기 또한 그와 다르지 않다.

「행복한 여자」는 탈북자의 이야기다. 봉제공장에서 미싱사로 일하는 김인옥은 숙련된 기술자이며, 지금의 남편 한성호와는 두 번째 결혼이다. 화물트럭 기사인 성호는 가장의 역할에 충실하다. 전 남편은 인옥이 장마당에서 돈을 번 날은, 그날 번 돈을 다 토해낼 때까지 구타했다. 그러니 탈북 후 마흔을 넘긴 다음 열다섯 살 연상이자 성년의 아들이 있음에도 성호와 결혼한 터였다. 재봉 일은 인옥의 생계를 유지하게 해주고 결과적으로 한국 땅을 밟을 수 있게 도와주었다. 탈북을 위한 자금을 마련하기 위해서 한때 성매매로 몸을 내놓는 극한처방도 마다하지 않았다. 그런데 같은 탈북자로 하나원의 같은 기수였던 리경철의 월북 사건이 발생하고, 그와 금전 거래가 있던 인옥은 경찰의 내사를 받게 된다.

스칼렛 오하라. '바람과 함께 사라지다'에서의 여주인공은 중국에 있을 때 복제 DVD로 만났다. 춘절동안은 공장 문을 닫았기 때문에 노동자들도 쉴 수 있었다. 그들은 숙소에서 주인 없는 해묵은 DVD를 보며 고단한 몸과 향수를 달랬다. 오하라의 눈은 에메랄드 보석 같았다. 싸구려 반지와는 다른 기품 있는 푸른색이었다. 그녀의 영리한 눈빛이 흐릿한 화면을 뚫고 나와 인옥을 사로잡았다. 인옥은 고향 땅 타라를 지켜낸 오하라의 투지력을 갖고 싶었다. 늙은 남자와 돈 때문에 결혼한 오하라의 뻔뻔함은 가난으로부터 가족을 건사하기 위한 처절한 몸부림이었다. 누가 그녀를 욕할 수 있겠는가. 인옥 또한 가족을 굶기지 않기 위해, 준이를 한국에 데려오기 위해, 돈이 되는 일이라면 뭐든 했다.

이 모든 질곡 속에서 인옥은 스칼렛 오하라를 동경하고, 자신의 감정을 스칼렛에 대입한다. 성호의 아들 승규는 인옥을 힘들게 하는 역할을 맡고 있지만, 북에 남겨둔 아들 준이는 인옥의 삶이 가진 목표 가운데 하나다. 설상가상으로 소설의 말미에서 남편 성호의 구타 사건이 발생한다. 당연히 전 남편의 트라우마가 되살아나지만, 인옥은 그에 굴복하지 않는다. 여기에는 탈북자로서의 신분적 취약점에 대한 계산도 함께 깔려 있지만, 북의 아들 준이를 포기하지 않는 강인한 의지가 작동하고 있기도 하다. '초능력을 살 수 있다면 영혼을 팔아서라도' 이 사태에 대비하려는 인옥의 언필칭 기구한 '여자의 일생'은 향일(向日)의 생명력과 승급(昇級)의 결의로 편만(遍滿)하다. 이것은 또한 이 소설이 가진 일종의 설득력이다.

4. 동시대 세태의 진면목과 적응 방식
- 「동지들」과 「상상적 풍경」

 소설은 어떤 방식으로든 그 시대와 사회의 모습을 반영한다. H.E.노사크가 『소설과 사회』에서, "등장인물은 작가에게 자기 행위에 대한 설명을 요구한다"고 단언한 것은 곧 그 인물의 행위 방식이 당대 사회의 보편적 인과율에 부합하는가를 되묻는다는 의미다. 이 소설집에

수록된 「동지들」은 바로 그러한 세태의 면모와 그에 부응하는 인물들의 행태(行態)를 매우 사실적으로 그려 보였다. 로열아파트의 생활지원센터에 근무하는 '나' 신 과장은 상급자이자 속물적 현실주의자인 관리소장, 그리고 현재의 입주자 대표회장과 더불어 이 긴장감 있는 사태를 축조해 나간다. 그 계기는 새로이 입주자 대표회장을 선출하는 선거전에 연동되어 있다.

처음 그 말을 들었을 때 무척 기뻤다. 이제 일을 배울 때가 된 건지도 모른다. 가상이 아닌 명확하고 안정적인 일을 소장은 알고 있다. 죽일 놈의 회장과 소장이 말했듯 세상을 살아가는 데는 동지들이 필요하다는 걸 절실히 깨닫는다. 초등학교 운동회 때 이미 배우지 않았나. 이어달리기, 줄다리기, 2인 1조 달리기, 콩주머니던지기…. 끌고 밀어주며 함께 한 동지들이 있었기에 오늘의 내가 있는 것이다.

이 선거전에서 현재의 기호 1번 대표회장을 재선시

키는 것이 '나'와 소장의 계획이요 음모다. 그런데 기호 2번 대표회장 후보가 경력이나 역량이 만만치 않다. 특히 그는 지금까지의 관리 방식을 비판하고 재정적으로 투명한 운영을 약속한다. 이에 고민하던 '나'는 '양심의 소리'를 따라 당초의 음모를 저버리고 더 나아가 현재의 대표회장에게 결정적인 치명상을 입힌다. 그런 연후에 다시 소장과 함께 기호 2번에게 접근하여 세속적인 타협을 시도한다. 극단적으로 악하지도 극단적으로 선하지도 않고 단지 자신의 꿈과 이익에 초점을 맞춘 우리 시대 갑남을녀(甲男乙女)의 일반적인 행동 패턴이 거기에 있다. 또한 거기에는 자신도 모르게 형성된 동지애가 잠복해 있기도 하다.

이 소설과 유사하게, 세태에 적응해가는 두 젊은 여자의 이야기를 그린 작품이 「상상적 풍경」이다. 화자인 '나' 김연주는 도서관 사서의 직업을 가졌다. 그동안 '먹부림'이라는 호스필드육지거북이 한 마리와 살고 있다가, 월세 몇십만 원으로 박기영이라는 20대 여자와 동거를 시작한다. 기영은 보험회사에서 전화 안내원 일을 한다. '나'는 기영을 연인이자 친구로 받아들였다. 미상불 "기영이는 처음 봤을 때부터 내 미래의 한 지점을 끌고 갈 사람 같았다." 기영이 말한 '우리가 살아가는 하루하루가 거래의 연속'이라는 표현은 은연중에 이 소설의 중심사고와 결말을 암시하고 있다. 기영은 오픈런 알바, 구매 대행 일에 재미를 붙였다. 그렇게 쉽게 삶의 형식을 바꾸는가 했더니, 마침내 40대 남자를 따라 떠나가고 만다.

나는 솔직하게 문제를 풀 수밖에 없었다. 정직하게 살라던 부모님의 말씀을 기억한 것은 아니었다. 그 짧은 시간에 많은 문제를 풀어야 하는 긴장 속에서 이익을 따질 만큼 영리하지 못했을 뿐이다. 기영에게도 솔직했다. 그래서 상처받고 있었지만 나는 기다리고 있었다. 존 케이지가 작곡한 악보 없는 '상상적 풍경'은 관객들이 만들어내는 반응이 그날의 연주곡이 된다. 연주회 때마다 어떤 곡이 연주될지 아무도 모른다. 관객들은 어떤 찬란한 음악이 탄생할 것인지 기대하면서 연주회에 참가

한다. 나는 알 수 없는 미래를 걸어가고 있었고, 그래서 기대하게 되었다. 집까지 걸어가면서 가로등이 얼마나 슬픈 빛을 내는지, 뿌연 은가루가 흩어졌다. 나는 얼른 눈가를 훔쳤다.

무기력증에 빠져 있던 '나'의 일상에 '신선한 바람'을 몰고 왔던 기영은, 아무런 부담감 없이 떠나갔다. 취업할 때의 인적성 검사 문제를 되새겨 보면서, '나'는 내 삶의 정체성에 대해 생각해 본다. 다시 도서관 창구에서 대출과 반납 업무를 하는 것이 주된 일과가 된 '나'에게, 기영은 자기 길을 열어나가는 동시대 젊은 여자의 범례가 될지도 모른다. 이처럼 외롭고 슬프고 아픈 삶의 여러 원형을, 우리가 공유하는 사회라는 객관적인 지형도 위에 올려놓고 여러 방향에서 관찰하는 것이 이 작가의 소임인지도 모른다. 그 모양과 빛깔은 보는 방향에 따라 제각기여서, 마치 네카의 입방체를 여러 방향에서 바라보는 형국과도 같다.

5. 이 작가의 새로운 미래에 대한 기대

 지금까지 우리가 공들여 살펴본 김태정의 소설들은 사실적인 이야기, 그것도 세상살이의 핵심적인 이치를 관통하는 사실적인 이야기들로 구성되어 있었다. 그처럼 다양한 이야기의 소재를 발굴하고 그것을 하나의 꿰미로 엮어내는 기량은, 이 작가가 하늘로부터 받은 은혜다. 그러기에 그가 소설을 쓰지 않았더라면 그동안 가슴속에 맺혀 있던 울혈을 어떻게 감당할 수 있었을지 알 수가 없다. 한 작가를 두고 '천생(天生)'이라 하는 말은, 이런 형편을 두고 일컫는다. 그가 얼마간 늦은 연령에도 불구하고 본격적인 작가의 대열에 합류한 것은, 기실 그 자신도 어쩔 수 없는 '운명'이었다고 말할 수 있겠다.

 김태정의 소설적 이야기들은 두세 사람의 관계성을 중심으로 풀려나가는 경향이 다분하며, 그로 인해 이율배반적 결말을 거둬들이는 데 능숙하다. 그 가운데 이야기의 재미와 탄력성이 있다. 비록 그가 비극적 세계관의 이야기화를 출발의 기점으로 삼고 있지만, 대체로 결말에 이르면 향일성(向日性)의 긍정적 사태 전환을 방기(放棄)하지 않는다. 마치 1950년대 전후문학의 대표적인 작가 손창섭이 패배와 반항의 군상을 넘어서 밝은 세상으로 걸어 나왔듯이. 이 책의 표제 '셰어하우스'는 이러한 측면과 관련이 있어 보인다. 이 글쓰기 경향은 앞으로도 그가 특히 유의했으면 하는 지점이다. 앞으로 이 작가가 더 진전된 소설 창작을 통하여, 우리에게 좋은 작품을 읽는 기쁨을 지속적으로 누리게 해주었으면 한다.

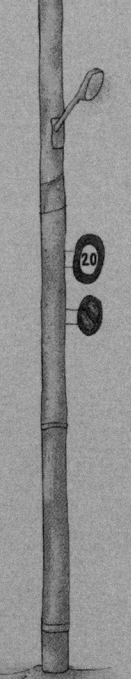

작가의 말_epilogue

작가의 말

환갑이 될 즈음 소설집 한 권을 내겠다고 나 자신과 약속했었다. 지켜져서 기쁘면서도 독자와 만날 일이 두렵기도 하다. 아직 인생에 대해 알지 못하는 것이 많다. 그런 내가 인간의 삶을 이야기해 보겠다고 용기를 내었으니.

이 기록에는 고단한 세상살이가 들어있다. 각자 지고 가는 땅 위의 삶은 정말 녹록하지 않다. 외롭고, 주눅 들고, 부끄럽고, 노엽고, 지치고…, 인간관계 속에서 발생하는 명료하지 않고 쉽게 설명할 수도 없는 그런 감정들을 언어로 그려내고 싶었다. 민수, 영혜, 양희, 나장군과 김준, 장헌수와 정한수, 신 과장, 인옥, 연주, 기영…. 소설 속 주인공들과 오랫동안 만나면서 연민하고 사랑했다. 현실적인 문제에 부대끼며 살아가는 모습이 바로 나이기도 했기 때문이다. 그들은 삶이 고단하고 인간관계에서 상처받지만 벽 뒤에 숨어 있지만은 않는다. 숨을 가다듬고 한 걸음씩 세상 밖으로 나아간다. 이 땅 어딘가에 살고 있을 또 다른 주인공들이 용기를 잃지 않고 살아가길 희망한다.

책이 나오기까지 많은 분의 격려가 있었다. 작가의 소명을 일깨워 주신 남지심 선생님과 소설가가 될 수 있도록 이끌어주신 김지연 선생님께 감사드린다. 전화 한 통화에 기꺼이 해설을 써주신 김종회 선생님께도 감사드린다. 그리고 묵묵히 지원해 주는 남편과 큰아이, 표지 그림을 그려준 작은 아이에게 고마움을 전한다.

문우들이 있어 소설가의 길이 외롭지 않았다. 이 책은 그들의 응원으로 독자들을 만날 수 있었다.

2023년 봄
김태정